政略夫婦の秘め婚事情

～箱入り令嬢が狡猾な求婚で娶られて、最愛妻になるまで～

marmaladebunko

宇佐木

マーマレード文庫

目次

政略夫婦の秘め婚事情
～箱入り令嬢が狡猾な求婚で娶られて、最愛妻になるまで～

政略夫婦の秘め婚事情

～箱入り令嬢が狡猾な求婚で娶られて、最愛妻になるまで～

1. お見合いするふたり

『七海《ななみ》は将来、お見合い結婚をするんだぞ』

年頃になったとき、父にそう言われた。

最初に聞かされた際は衝撃を受けた。それでも『まだまだ先の話だ』と実感もなく、どこか他人事《ひとごと》だった。高校生の頃にはその話題を振られるたび、若干反抗心が芽生え、『どうして私が』と思ったもの。しかし、大学卒業を控えた時期にはその考えが一転、『自分にはお見合いがいいのかもしれない』と薄々気づき始めた。

父の言うことに逆らえずに致し方なくというわけではない。中学校からずっと女子校に通っていた私には、恋人どころか異性の友人すらいなくて、当然交際に関して知識も経験もなかったから。そんな自分が生涯の伴侶を決めるリスクが急に怖くなったのだ。それならいっそ、父が選ぶ男性ならばきっといい人で信用できるはずだし、お見合いが良案だと素直に思えた。

普通はこんな大事なことを人任せにはしないのだろう。でも私はこれまで多くのことを、自分の意思を通すよりも、周囲の意見や流れに身を任せて決めてきた。そのせいで、自ら選択することの責任がどうしても重く感じてしまい、父に委《ゆだ》ねてもいいのではないかという結論に行きついた。

あくまで私の考えではあるけれど、結婚は当人だけではなく家同士も関わる重大事項。極力……ううん。絶対に失敗はしたくない。父に迷惑がかかってしまうもの。

だから私は、お見合いに対しては理解と覚悟はあった……はずだった。

あの人がお見合い相手と知るまでは——。

＊＊＊

デスクでノートパソコンと向き合っていた私は、ふと部署内のかけ時計を見た。時刻は正午。もう昼休みの時間だ。

千代田《ちよだ》区にある高層ビルの一部に入居している、大手総合コンサルティングファーム、『KUR《クア》コンサルティング株式会社』。私、梶浦《かじうら》七海はそこのサポート課に所属している。

私が任されている仕事の内容は、簡単に説明すればプロジェクトチームにアサインメントされた社員の業務補佐。案件に必要なリサーチをしたり、報告書をまとめてデータ入力をしたりする。

　言葉にすると単純作業のようだが案件によって当然内容も各種各様で、中々大変な仕事だと感じている。それでも入社して二年目、この仕事にもだいぶ慣れてきた。

「あっ、七海！」

　お弁当を持って席を立ったとき、明るい声がして振り返る。そこにいたのは、先輩社員の甲本桜《こうもとさくら》さんだった。

「お疲れ様です。クライアント訪問からの戻りですか？」

「そうよ。でもよかった～。お昼に間に合って！　七海、久々に一緒に食べよう。デザートも買ってきたんだ」

「わあ！　はい、ぜひ」

　彼女は顎ラインボブの艶やかな黒髪を耳にかけながら笑った。

　私たちはどちらからともなく階段へ向かった。階下のリフレッシュスペースに向かうべく、階段を下っていく。

　桜さんは商業ビジネス課で『シニアアソシエイト』の役職に就いている。シニアアソシエイトとは、たとえるなら中間管理職のような立場。二十九歳でそんな役職に就くのは本当にすごい。並々ならぬ努力を重ねてきたに違いない。

パンツスーツを颯爽と着こなす彼女は、その飾り気のない見た目通りサッパリとした性格。しかし、飾り気がなくとも美人な彼女はいつでも周囲から憧れの視線を向けられている。かくいう私もその中のひとりだ。

身長百五十八センチの自分と比べ、約百七十センチの桜さんはモデルみたいで素敵だ。鼻は高く綺麗なアーモンドアイで大人っぽい顔立ちも、私にはないものばかりで羨《うらや》ましい。

六つの歳の差があり立場の違いがあるうえ、そもそも部署も違う。にもかかわらず桜さんによくしてもらっているわけは、コンサルティングファームの特徴が関係している。

私たちは、プロジェクトごとに複数の部署から成るチームを編成して仕事をしているため、自分の所属部署を越えていろいろな部署の社員と関わる機会が多い。そういう経緯で、入社後初めてひとりでプロジェクトチームに配置されたときに出逢ったのが桜さん。彼女は見返りを期待せず私を可愛がってくれる貴重な存在だ。

〝見返り〟なんて、そんなふうに思うのには理由がある。それは——。

「梶浦さん、前回のリサーチ集計ありがとう。いつも仕事が速くて丁寧で助かるよ」

リフレッシュスペース目前で、桜さんと同じ商業ビジネス課の男性社員ふたりが声をかけてきた。私はおずおず頭を下げる。

「私はまだまだ……。でもありがとうございます。お役に立てたならうれしいです」

「いや、入社二年目ですごいよ。さすがだなあ」

それはあまりに過剰に褒《ほ》めすぎで、居た堪れない気持ちになるもどうにか笑顔を作る。すると、すかさず助けてくれたのは桜さん。

「ちょっと。彼女の仕事については本心なんだろうし私も評価してるけど、伝え方がわざとらしいのよ。梶浦さんも困ってるでしょう」

「えっ、いや。俺たちはそんな……なあ？」

しどろもどろになるふたりに桜さんはずいと近づき、さらに言う。

「そう？ 印象操作しようとしてない？」

「しっ、してるわけないない！ じゃ、俺たち外メシだから」

ふたりがそそくさと去っていったあと、桜さんは息を吐いてこちらを振り返る。

「さ。中に入って座ろ」

「はい」

オフィス内にあるリフレッシュスペースは、小洒落たカフェのようで、社員たちの憩《いこ》いの場となっている。

　ふたり用の席に向かい合って座るなり、桜さんが凛々《りり》しい顔つきで言った。

「ねえ、七海。なにかあったら遠慮なく言ってよ？　私にできることは限られてるけど……七海は立場上、振る舞い方も気をつけなきゃならないから相手にきつく返せないんだろうし」

　桜さんが気にかけてくれるわけは、私の父がこの会社の代表取締役社長で、その事実は社内では周知のことだから。ほとんどの人が私をコネ入社の社長令嬢と思っているのだろう。

　嫌がらせや業務妨害などはないものの、どこか一線を引かれている気がしてちょっと寂しい。同期の子への接し方と比べ、私はどことなく気遣われているなあと感じるときもある。父が社長なのは事実だから、ある程度のことは仕方ない。だけど、平等に扱ってくれたらな、というのが本音だ。

　そんな中、桜さんは裏表なく接してくれるうえ、業務外でもこうして一緒に過ごしてくれる。それが私にとって、どれだけうれしいことか。

「ふふ。いえ。先ほどのおふたりも悪意があるような雰囲気ではなかったですし、大丈夫です。いつもお心遣いありがとうございます」

「そう。ま、正直言うと私が男でも放っておかないと思う。七海っていわゆる社長令嬢でお淑《しと》やかなうえ小動物みたいで可愛いし、仕事も一生懸命で性格もいいもの」

「そっ、そんなことないです。でも、桜さんみたいな素敵な女性に褒めていただけるのは素直にうれしいです」

「ああ、もうそういうところよ。可愛い～。癒しだわ～」

桜さんは急に立ち上がって私の頭を撫《な》で回す。家族以外に猫可愛がりされるのは、やっぱり慣れなくてちょっと気恥ずかしい。

「そういえば、この間まで抱えていたプロジェクトは落ち着いたんですか？」

いつも忙しそうな桜さんではあるけれど、最近はいつもに輪をかけて忙しそうだったため、少し気になっていた。

桜さんは椅子に戻ると、コンビニで買ってきたお弁当を開けながら答える。

「うん。おかげさまで。昨日からまた新しいプロジェクトが動いてるよ」

「そうなんですね。相変わらずこの仕事ってめまぐるしいですよね」

私はまだまだ新人みたいなものだし、所属がサポート課。商業ビジネス課の社員が抱えている仕事と比べたら重責はないから、仕事を語る立場にはないとはわかっている。でも、時間に追われながら頑張っている先輩や上司を間近で見ていると……。

「そうね～。どこの部署も忙しいんだろうけど、やっぱり戦略ビジネス課には敵《かな》わないわ。最近も新規で大口のクライアントを開拓したって話だし」

私はお弁当箱のふたを開く手を止め、ひとことだけ返す。

「それって」

「そう。例の人よ。一昨年《おととし》に出向して来た天嶺良知《あまねよしとも》！」

桜さんが発した名前は、私の脳裏に浮かんだものと同一だった。

天嶺良知さん。彼はことあるごとに噂《うわさ》になる人だから、直接話をしたことはなくとも名前は知っている。戦略ビジネス課の『プロジェクトマネージャー』だ。

確か年齢は今年三十歳とか耳にした。社内で数回見かけたけれど、周りの男性社員よりも頭がひとつ飛び出るくらいの長身で、スタイルのよさからとても目立っていた。

飛び出ているのは頭だけでなくて、仕事の評価もそうらしい。うちの会社の取引先から出向してきてすぐ、ぐんぐん業績を伸ばしているともっぱら話題になっていた。

そうしていつしか、異例の速さで『パートナー』に就くのではないか、とまでささやかれている。

ちなみに、この業界でいうパートナーとは部長職のような位置づけにあり、通常だとコンサルタント経験を七年以上積まないと就けない役職だ。

七年どころかまだ三年目に入ったばかりなのに、周囲がそこまで噂話をするほどだから、天嶺さんはよほどコンサルタントの仕事に向いているのかも。

「でも彼って、業績はいいけど常に淡々としていて仕事に随分《ずいぶん》厳しいらしいけどね。まあ、あの天実《あまみ》商事の跡取り息子なら甘い仕事の仕方なんてしてられないか」

桜さんの言う通り、大手商社の社長令息である彼は見た目からして冷淡で近寄りがたい雰囲気をまとっている。

九頭身くらいありそうなモデルのようなスタイルだけでも圧倒されるのに、笑顔はなくクールで近づきがたいと女性社員が噂している。

なにより彼は怜悧《れいり》な目が印象的。知性が溢れ出ているのを感じると同時に、その厳格さに委縮《いしゅく》させられる。もしも、彼と同じプロジェクトチームにでもなれば、きっと私はミーティングのたびに緊張しすぎてミスでもしてしまいそう。

「私もいつか天嶺さんと仕事してみたいなあ」

桜さんのつぶやきを聞き、自分とは大違いの彼女にますます尊敬の念を抱く。

「桜さんなら実現できると思います」

お世辞ではなく本心からそう伝えると、桜さんはにっこりと笑う。

「ありがと。さ、食べよ食べよ～。ちなみにデザートは人気ブーランジェリーのチェリーパイ！　ふたつ買ってきたからね。あ、お金はいらないからね！」

「わあ！　いつもありがとうございます。じゃあ、今度必ずお礼しますね」

そうして、仕事の話もそこそこに業務と無関係の雑談で盛り上がって、あっという間に昼休みを終えたのだった。


うちの会社は変形労働時間制。基本は午前九時から午後六時までが就業時間となっている。けれども、プロジェクトが立て込んでいる時期は定時通りにはいかないため、そのぶん閑散期《かんさんき》などに昼から出社したりとそれぞれ調整をしている。

とはいえ、私は先輩たちみたいに重要な仕事を任されていないし、業務の量も多くないため、未だ変則した就業時間にはならずにいる。でも私もチームの一員として、少しでもみんなをサポートしたいと思い、多少定時を過ぎても残って仕事をすることもある。

今日は私でもできる作業がわりとあり、時刻は現在午後七時前。

私はちょうどうちの部署に来ていた今回のプロジェクトマネージャーに声をかけた。

「近藤《こんどう》さん、新しい定量調査データまとめました。今メール送りますね」

「えっ。本当？　ありがとう。今日頼んだ報告書も速かったし、助かるよ」

近藤さんは桜さんと同じ、商業ビジネス課の社員だ。

「いえ。大したことはありません。私はまだできることが限られてますから、せめてと思いまして。ほかにもなにかありますか？」

咄嗟《とっさ》に謙遜《けんそん》して答えつつも、内心うれしい感情が込み上げる。

「頼もしいな。でも今日はもう大丈夫。そのメール送信し終えたら上がっていいよ」

少々残念な気持ちを抱きつつ、笑顔で「はい」と会釈《えしゃく》をする。メールを送信したあとは、挨拶をして部署を出た。

エレベーターホールに到着してボタンを押し、「ふう」と息をつく。

もっと頑張ろう。仕事は楽しいし、ここへの入社は自ら志望したのもあって前向きに取り組める。

今一度、自分を激励した直後、ふと忘れ物に気がついた。肩にかけていたバッグの中身を探ると、やっぱり水筒が入っていない。

予備の水筒は家にはあるけれど、できれば今日中に綺麗に洗いたいし……。せっかく早い段階で忘れ物に気づいたんだから戻ろう。

バッグを肩にかけ直し、来た道を戻る。部署の入口前で私の名前が聞こえ、思わず足を止めて身を潜めた。

「梶浦さん、思ってたより全然働いてくれてますよね。初めに社長の娘が入社するって聞いたときは違う想像してましたよ、俺」

耳に入ってきた会話の内容は、特段大きな衝撃を受けるものではなかった。そういった話はすでに噂などで耳にしたことがあるからだ。それにプラスに捉えれば、初めは期待していなかったけれどいい意味でその印象を覆されたと言ってくれているのだから、なにも気にする必要はない。

静かに深呼吸をしながら自分にそう言い聞かせ、室内に入るタイミングを計る。

すると、次に近藤さんの声がした。

「そうだな。すごく頑張り屋って感じでいい子なのはわかる。だけど、仕事量とかさっきみたいな残業とかも、やっぱりちょっと気を使っちゃうのが本音だな」

「社長になにか言われたりするんですか？」

「ああ、いや。そういうことは特に。ただ、どうしても頭に社長の存在はちらつくよ」

悪意のある会話ではない。わかっている。でも部署に戻る勇気が持てなくて、私は結局再び踵《きびす》を返した。

きゅっとバッグの肩紐を握りしめ、さっきよりも速足でエレベーターホールへ向かう。ようやく着いたときには、不運にもエレベーターは通過していったばかりで泣きたくなった。

本当はエレベーター云々《うんぬん》が理由で胸が詰まっているわけじゃない。それもちゃんと理解している。

やり場のない思いを抱えた状態で、ただ突っ立ってエレベーターを待っていられず、私は勢いのまま階段へと足を向けた。そして、止まることなく階段をスタスタ下っていく。

父の会社に入ると決めたときから、色眼鏡で見られたりする可能性くらい想定済みだった。だから私はそういう不安を打ち消すためもあって仕事を頑張ってきた。ううん。本当は純粋にこの仕事にやりがいを感じて前向きな感情で向き合ってきた。

それなのに、単純に〝社長の娘〟という事実のせいで線引きされるのはもどかしい。

しかし、『そんなことを気にせずにどんどん仕事を任せてください』と豪語できる実力も自信もなく、結局中途半端になってしまっている自分が不甲斐《ふがい》ない。

よくよく突き詰めて自分に問いかけてみれば、確かに心のどこかに『自分は力不足だから』とあきらめている部分があるかもしれない。

お昼の桜さんとの会話を思い返しながらそう思った。

奥歯をグッと噛《か》みしめ、俯いていた顔を上げる。階数表示板が目に入った途端、自分が冷静になるのがわかった。

まだ二十二階……ロビーまで下りたら家に帰る前に足がくたびれちゃう。

さっきまでの視野の狭い自分に苦笑し、すごすごとエレベーターホールへ移動する。

その途中、喫煙《きつえん》ルームの扉が突然開いた。

「きゃっ」

ぶつかる直前に立ち止まり事なきを得たものの、その場で固まってしまう。

「すまない。大丈夫か？」

「え、ええ」

返事をしながらゆっくり視線を上げていく。喫煙ルームから出てきた男性の顔を見て、思わず目を見開いた。

「そう。ならいい」

見上げるほど高い上背《うわぜい》に、上質そうなスーツやネクタイ。そして、涼しげな目元と淡々とした口調。

噂の彼——天嶺さんだ。

頭の中は軽くパニックで気の利《き》いた返事のひとつもできず、私の前から去っていく彼を茫然《ぼうぜん》と見送った。

天嶺さんが残していった上品な香水の匂いと、微《かす》かに混じる煙草《たばこ》の香りを感じながら私はまだ立ち尽くしていた。

話で聞いたり一方的に見たりして情報があっても、直接会って言葉を交わすのはやっぱり緊張する。

天嶺さんは話し方から目の伏せ方、ポケットに物を入れる仕草、そして残り香まで大人の男性という感じ。近藤さんやほかの男性社員とはどこか違う。桜さんをはじめ、社内で噂されてる通り、仕事ができるオーラが滲《にじ》み出ていた。

存在感のある男の人って、あんなにも全身にまとう空気が違うものなんだ。ちょっと言葉を交わしただけで、まだ心臓が跳ねている。

私は我に返ってエレベーターホールへ足早に向かう。エレベーターに乗り、扉を閉めたあと、動悸《どうき》を落ち着けた。

下降している間もなぜか天嶺さんのことで頭がいっぱい。きっと、相当大きな衝撃を受けたせいだと思う。

一番印象的だったのは、きりっとした眉の下の知的な瞳。うっかり見入ってしまうほど、とても美しいヘーゼル系の色だった。

綺麗だからこそ近寄りがたい。彼はまさにそんなタイプの人だ。桜さん、よくあんな超然とした雰囲気の人と一緒に働いてみたいなんて思えるなあ。私なら終始緊張しちゃって、きっと無理。

それから約一時間かけて帰宅する間も、頭の中はずっと天嶺さん一色だった。

さすがに家の中でも彼に脳内を支配されるのはどうかと思って、玄関前で軽く頭を横に振ってからドアを開ける。靴を脱いで「ただいま」と言いリビングに足を向けると、母が廊下に出てきた。

「おかえりなさい。お腹空いたでしょう？　お父さんは今日も遅いみたいだし先に夕食をいただきましょう。支度してらっしゃい」

「うん」

私は自室に荷物を置き、洗面所で手を洗ってリビングへ向かう。

夕食を母とふたりでとるのは日常茶飯事で、父が休日のときにようやく三人が揃《そろ》う。

子どもの頃から、家族で出かけたりするのは月に一度程度だった。それほど父は昔から仕事熱心だ。私も一時期は寂しくも感じたものの、今ではそんな父に感謝と尊敬の念を抱いている。

当時父の仕事について漠然《ばくぜん》としか理解していなかった。進路を考えるときに、ふと父の業種が気になって自分なりに調べてみた。

アドバイスする立場として、どこの企業よりも常に新しい情報にアンテナを張りつつ、課題を的確に見出してスピーディーに解決へ導くことが求められる。刺激的でやりがいがある反面、責任重大な仕事なのだと知った。

今でこそ大きな会社に成長したわけだけど、十五年前くらい前、父は会社を経営する立場としての業務と同時に、現場でも奔走《ほんそう》して大変だったらしい。父本人の口からは苦労話やぐちなど一切出てきていなかったから知る由もなかった。

そのことを私は高校生の頃に、長年父のパートナーとして支えてくれ、現在父の秘書を務めている人から教えてもらった。

だとすれば、その当時多忙を極《きわ》めていたにもかかわらず、月に最低一度は必ず家族でお出かけしていたということ。仕事と家庭どちらも大切にして支えてくれていたのだと知り、胸が熱くなった。同時に自然と感謝の気持ちが溢れた。

それをひとつのきっかけに、私は父の仕事により興味を持っていった。

厳しい仕事とわかっても、恐怖心より好奇心が勝った。大きな理由は、父が日頃自慢げに口にする『社員はチームメイトで家族だ』という言葉が魅力的だったから。

たとえるならバレーボールやサッカーなどのスポーツみたいに、信頼し合える仲間とチームプレイで目標達成する。そういう感覚なのかと想像すると、たちまち体感してみたくなった。運動は苦手なほうで、誰かと呼吸を合わせてゴールを目指す経験は皆無《かいむ》だった私にとって、これはチャンスなのではないかと思ったのだ。

あとは単純に、どんなに大変だった時期も父はいつも仕事の話をするときには生き生きと目を輝かせていた気がして。父が夢中になるほどの魅力はどういうものかと、父の会社に就職したいという気持ちが強くなっていった。ほかのファームではなく父の自慢のチームメイトのひとりになってみたかった。

私はこれまでなにか大きな選択をしなければならないときには、決まって父の意見をそのまま選んできた。別に大きな不満もなかったし、誰かに示された道を行くほうが、目的が明確に説明されることが多くて歩きやすいとさえ考えていたように思う。

そんな私が、父の会社に入社したい。コネではなくてちゃんと採用試験を受けて入りたい、とお願いしたものだから父も母も驚いていた。

特に父は複雑な心境だったらしい。私が父の背中を見て入社したいと希望したことは喜ばしいけれど、とても忙しく大変な仕事だとわかっているから、私の頼みを聞き入れるべきかどうか悩んでいたと、当時母がこっそりと教えてくれた。

そして、父の許しを得た私は母の旧姓を使って入社試験を受け、内定をもらった。

名前を偽ったのは、社長である父の影響で試験の結果が変わってしまうのを恐れたためだ。

でも結局、入社後はきちんと本名を名乗るよう父から言われ、今現在、私は〝社長の娘〟と社内で認識された状態で働いている。

本音を言えば、周囲の目や接し方が変わってしまいそうで、そのまま母の旧姓がいいなと思っていたのだけど、父は頑《がん》としてそれを許してはくれなかった。

「美味しそう！　いただきます」

私は料理を前に両手を合わせる。今日も母の美味しい料理の数々を堪能しながら、仕事や桜さんの話などをして母と楽しく食事をした。

食べ終えたあとは私が率先して洗い物をする。いつも食卓にたくさんの料理を並べてくれる母への感謝の気持ちだ。

「七海、いつもありがとう。それが終わったらちょっと部屋に来てくれる？」

「うん、わかった」

私は母に呼ばれた意味など深く考えもせず、数分差で母の部屋へ足を向けた。部屋に入るなり、母が手にしている着物に目を奪われる。

「わあ！　とても綺麗！」

うららかな春の空の色を溶かし込んだような爽やかな水色の着物。そこに赤やオレンジ、ピンク色の牡丹《ぼたん》や鞠《まり》などの古典柄が描かれていて、空の色の生地に映えてとても美しい。

「色も柄も華やかだね。でも着物なんてめずらしい。どうしたの？　お茶会とか？」

「これは私が昔、一度だけ袖を通したことのある着物よ」

「一度だけ？　もったいない。とっても素敵なのに」

母は父と結婚する前に花嫁修業の一環として、お祖母様《ばあさま》から着付けを習っていたと聞いた。だから、母は自分で着物を着られるし、私の成人式や卒業式などの衣装も着付けしてくれた。ちなみに私も大学時代に母から着付けを習ったものの、着物を着る習慣がないため、未だに時間をかけてなんとかひとりで着られる程度。誰かに着せてあげる実力まではない。

それにしても、せっかくこんなに素晴らしい着物を持っていて自分で着られて、パーティーなども父と一緒に招待される環境にいたはずなのに。どうして一度だけなんだろう？

頭の中に疑問符を浮かべていると、母に微笑《ほほえ》みかけられた。

「これは、お母さんがお父さんと結婚する前……初めて顔を合わせる日のためにあつらえたもの」

「えっ。そうなの？」

「お父さんと結婚してから、着られずにずっと大切にしまっていたの」

「着ちゃだめだったの？」

私の両親がお見合い結婚だったというのは、以前すでに聞いていた話。

さすがにそのあとどのように関係を深めていったか詳細までは知らないが、私が物心ついた頃から夫婦仲はよかったし、今もお互いに大事にし合っていると感じられる。

「ううん。そういうわけじゃないけど、お母さんがなんとなく着られなかったの。お見合いの日を思い出してドキドキしちゃいそうで」

予想外の答えが返ってきて、思わず頬を熱くした。

「の、惚気《のろけ》……？　もう、お母さんったらやめてよ」

「ふふふ。まあ、その話は置いておいて、この着物はもうお母さんの年齢じゃ似合わないのよ。だから、七海が着てくれるとうれしいの。ほら、すごく似合う」

母はスッと立ち上がるなり、私の肩に着物をかける。姿見の前に移動させられた私は、鏡越しに言った。

「うーん。でも私は着物を着るような機会がないよ。着てみたい気持ちはあるけれど」

笑いながら軽く返すと、鏡の中の母がどこか少し寂しそうな、感慨深そうななんとも形容しがたい笑顔をしている。

その表情を前に、私は眉を顰めて考える。母の話から考えられる理由がひとつだけ浮かび、振り返ると同時に母が口を開いた。

「実はね。お父さんが七海のお見合いの話を進めているの」

母の発言は今私が思い浮かべた内容と一致していたものの、やはり衝撃を受けてしまう。

いつかお見合いをするのはわかっていた。でも、いざ現実になったら全然気持ちの整理がついていなかったと思い知った。

「そ、それって……いつ？」

「お相手のお返事待ちみたいだけど、あの様子なら決まれば早いかもしれないわね」

「お母さんは相手の方について、もう知ってるの？」

早鐘を打っている心臓を落ち着かせるべく、あえてゆったりとした口調で尋ねてみた。父の選んでくれた人なら間違いないだろうけど、やっぱりどんな人かは気になる。

さりげなく胸に手を当て、ジッと母を見つめる。母は帯を手に取りながら答えた。

「お名前は天嶺……良知さんと言っていたかしら。今、お父さんの会社に出向で来ている方だって。七海も知ってる?」

「天嶺さん……?」

信じられない思いでつぶやいた。

天嶺さんって言ったの? 数時間前にオフィス内で遭遇した、あの?

今日の帰り際、彼と言葉を交わした場面が脳裏に蘇《よみがえ》る。

「お父さんのお眼鏡に適《かな》った方だから、いい人なんだと思うわよ。お父さん、まるでもう我が息子のようにその方のことを自慢げに話して聞かせてくれるんだもの」

母はにこやかに言って、着物を丁寧にしまい始める。私は動揺を抑えきれず、しばらくその場に茫然と立ち尽くしていた。


仕事に集中しているときはいい。やるべきことや期日ははっきりしていて、チームとの結束力が強くなっている実感も湧くし、私もその一員なんだって思えばますますやる気が満ちてくる。

つまり、ほかになにかを考える余裕がないということだ。

でも、今みたいに休憩時間や残業時のちょっとした空いた時間は雑念が混じってしまう。そのため私は、彼のことを考えなくてすむように棚の整理をしていた。

あの夜から一週間。私は毎日天嶺さんのことを考えるようになった。

だって、仕方ない。同じオフィスで働いていると、否《いや》が応《おう》でも意識してしまう。

とはいえ、それは私が勝手に頭の中で思い描き、一方的に彼の存在を気にしているだけ。実際は天嶺さんと会うどころか、姿を見かけることすらなかった。

それもそのはず、彼の所属する戦略ビジネス課は私がいるフロアの上階だからだ。

入社して丸一年ちょっと。これまで天嶺さんを見かけたのは片手で十分足りるほどだし、そうそうオフィス内で顔を合わせることなどない人。あんな間近で会ったのはこの間が初めてだったし、あのときは普段使わないフロアのエレベーターを使用したのと、彼が喫煙ルームにいたという偶然に偶然が重なっただけ。

喫煙ルームは各フロアにあるわけじゃないから、天嶺さんはきっとわざわざ戦略ビジネス課のある二十五階から二十二階まで……。

そこでふと疑問が浮かび、資料棚の整理をしていた手を止める。

確か、喫煙ルームは二十六階にもあったはず。二十六階は父や役員がいるフロアだけれど応接室や会議室もあるし、天嶺さんならよく立ち入っていると思う。

そもそも、父が決めた〝役付きの人と社員との壁を作らない環境を目指す〟という方針により、うちはいい意味で距離感が近い社風だ。まして、仕事も評価されている天嶺さんなら遠慮する必要はないはず。わざわざ二十二階まで降りなくてもひとつ上のフロアへ行けば済んだのでは？と不思議に思ったのだ。

ではなぜ彼が二十二階を利用したかと考え、すぐに思いついた理由はといえば、お見合いの件。父とバッタリ会うのを避けたのかもしれない。

母の話から推察するに、父はかなり乗り気みたいだし天嶺さんはグイグイ来られて迷惑がっていそうだもの。彼は仕事一筋の、女性に興味がなさそうな雰囲気だから、お見合い話に前向きになるイメージがないし。

両手に持っていたファイルを抱え、考える。

天嶺さんは実際のところ、今回の話をどう受け止めているのかな。

お見合い相手が自分の勤務先の社長の娘だなんて、周囲に知られたら私はともかく天嶺さんへの風当たりが強くなる気がする。そういう懸念《けねん》とか不満みたいな気持ちとかないのかな？それとも、そんなリスクなんか些細《ささい》なもので、私と結婚することで得られるメリットのほうが大きいんだろうか。じゃなきゃ、即答で断りそうなタイプだよね。

これはいわゆる政略結婚。私はかねてより父に言われてきたし、父だけでなく会社にも役に立てる結婚ならと考えているから大きな抵抗はない。天嶺さんもそうなのかな。でも彼なら実力もあるし、逆に殺然と撥ね除けそうなものだけど。

「戻りました〜。あれ？　なんか部屋の雰囲気が変わった？」

午前中に外出していた先輩の男性社員が戻ってきて、意識を引き戻される。

「お疲れ様です。少し模様替えをしてみたんです。あっ、きちんと課長の許可はいただいていますので」

慌てて説明すると、課長が姿を現して補足する。

「梶浦さんは最近のミステリーショッピングで得たデータを元に提案してきたんだ」

「ああ、今アサインされてる商業施設内のショップの件ですね。っていうか梶浦さん、自分でもミステリーショッパーやってきたの？　それ、他社に依頼してたでしょ」

現在私は、アパレル会社の業績低迷を改善するプロジェクトに関わっている。

ちなみに、さっきから飛び交っている『ミステリーショッパー』とは、覆面調査員のこと。私たちコンサルタントの業務としてはごく一般的な方法で、ショップを訪れる買い物客を装い、接客態度や店内の動線、清潔感などリサーチして回る。そして、その規模が大きいと人手が必要だ。そういう際には、提携しているリサーチ専門の会社に業務委託をする仕組みとなっている。だから、本来はそこまでする必要はないのに私も参加したと聞いて、先輩は驚いているのだ。

「はい。やっぱり現地に行ったほうがいろいろな情報が得られますし。ちょうどほかの仕事も一段落していたので」

今はもっぱらサポートのみの私だからこそ、時間がかかってもより正確な情報を収集し提供したいという気持ちで現場に出向いた。そこで意外な発見があったのだ。

「そうしたら、現場の環境を整えることでお客様の反応はもちろんですけれど、働く側《がわ》もモチベーションが上がるってデータが。特段めずらしい対策ではないのはわかっていますが、それでもなにもしないより、ささやかな環境の変化を作るのも意味があるかもしれないって思ったんです」

店内が整えられているショップのほうが、集客数や顧客の満足度が高い。その結果は想像していた通りのもの。ただ、同時に従業員のモチベーションもアップしていることまでには気づかなくて、わかったときにはまさしく目から鱗《うろこ》だった。

そのデータを踏まえ、実際に身近でも活用できないだろうかと考え、思い切って課長に相談したというのがきっかけ。

「デスクからの動線もよさそうだね。ファイルがきちっと並ぶだけでも印象違うもんだなあ。気持ちがいいよ。仕事が捗《はかど》りそう」

「ふふ。でしたらよかったです」

好感触の反応に自然と笑みが零《こぼ》れる。

そうこうしているうちに休憩時間も終わり、業務に戻る。午後の仕事もひっきりなしで、気づけば午後六時。

チーム自体の仕事が落ち着いていて、今日はめずらしくみんなで定時に仕事を切り上げた。

私たちのほか、途中他社の社員さんもエレベーターに乗り合わせる。一階に着くと、私は扉が閉まらないようにボタンを押し、最後に降りた。一階フロアに一歩踏み出したとき足元に小さな紙くずが落ちているのを見つけ、上体を屈めて拾い上げる。

顔を上げた瞬間。私は驚きのあまり声が漏れ出そうになった。

なぜなら、目の前に天嶺さんがいたからだ。

この間偶然会った日から今日まで、一日も欠かさず考えていた人が急に現れ、私は動揺して瞬きさえもできずに立ち尽くしていた。一瞬だけ視線がぶつかったものの、彼は会釈だけして、すぐさまエレベーターに乗って行ってしまった。

上昇していく階数ランプを見上げ、後悔を滲ませる。

『お疲れ様です』くらい、言えばよかった。あんなふうに微妙な空気のまま別れたら、お見合いの件もあるし次に顔を合わせるときに気まずくなるだけだというのに。

一階フロアにぽつんと取り残されていた私は、重いため息を零した。

それにしても、私に対する天嶺さんのさっきの淡々とした態度……。やっぱり、今回の縁談について反発を感じていそう。第一出向先で数年とはいえ、お見合い相手が同じオフィス内にいる環境なのはやりづらいと思……あれ？　待って。

考えを巡らせていくうち、ひとつの可能性が浮上する。

そもそも、私が『梶浦七海』だと知らない可能性もあるのでは？　部署も違えばフロアも違うし。一度も同じプロジェクトチームになったこともないし。社長の娘が社員として存在するのを知ってはいても顔までは知らない、とか……。

ううん。でもうちのコンサルティングファームで、あれだけ『仕事ができる』と評価されている人だもの。お見合い相手についてだって、抜かりなく情報を得ていると考えるほうが自然かも。彼ほど優秀な人が、なんの情報もないままお見合いに臨《のぞ》むはずがない。

「はあ」

二度目のため息のあと、天嶺さんの眉ひとつ動かさぬクールな表情を思い浮かべる。

うん。まあ、むしろ逆に私が縁談相手だからって胡散《うさん》くさい笑顔を振りまかれでもしていたら、こちらも猜疑心《さいぎしん》や警戒心が露《あら》わになっていたと思う。そういう点では、彼は利益のために人を欺《あざむ》き媚《こ》びへつらうタイプではないということだ。

これまで下心見え見えでよくしてくれる人もいた経験もあるせいか、彼の正直な姿は皮肉にも私にとっては好印象だったとも言える。だからといって、苦手意識がまったくなくなったわけじゃないけれど。

私はようやく歩き始め、途中のゴミ箱に先ほど拾った紙くずを捨ててからエントランスをくぐって外に出た。

そしてその夜遅く、父からお見合いが正式に決まったと告げられ、私は衝撃を隠せなかったのだった。


六月に入り、お見合いの日がやってきた。

まさか父から聞かされたその週末に予定されるとは思わなかった。善は急げと言わんばかりに、先方との予定が合う最短の休日に一席設けられたようだ。

場所は都内にある日本屈指の名門ホテル。ハイクラスのホテルを利用するのは今日が初めてというわけではないのに、名目がお見合いのためか、やけに緊張する。

ロビーで待ち合わせと聞いていた私は、エントランスを通り抜ける前から心臓が早鐘を打っていた。綺麗に磨かれた大きなガラスに映る和服姿の自分を見て、じわじわとお見合いの実感が湧いてくる。

今日のために草履《ぞうり》の鼻緒《はなお》も着物の雰囲気に合うものに挿《す》げ替えてもらった。自分の好みのものを身に着けるだけで、気持ちが上向きになるもの。少しでも自分の気分を上げてリラックスできたらいいなと思っていたのだけれど、不運なことに、鼻緒ずれ——いわゆる靴擦れと同じ状態になってしまっていた。鼻緒をほぐし足りなかったのだと後悔してももう遅い。

私は気づかれぬよう痛みを感じる足指をかばいながら両親のあとをついて歩く。先方を探している父の陰で私もロビー内を見回すと、父よりも先に天嶺さんの後ろ姿を見つけた。どうやら電話をしているらしい。

ロビーの隅にいても存在感がある彼の背中に、さらに鼓動が速まる。これ以上見続けていたら心臓が持たない。そう思った私が視線を外すと同時に父が声を上げる。

「ああ、天嶺さん。本日はよろしくお願いいたします」

『天嶺さん』という単語に思わず顔を向けた。

父のそばには、五十代後半くらいの品のある男性が白い歯を見せて立っている。

「こちらこそ、本日はどうぞよろしくお願いいたします。そちらがお嬢様の七海さんですね。今日はお時間をいただき、ありがとう」

天嶺さんのお父様らしき方が、ふいに私に挨拶をしてくるものだから狼狽《うろた》えた。

少し白髪が交じったその人は、清潔感のある身なりと余裕のある笑顔が渋い紳士的なオジサマという印象を与えた。よくよく見ると、目元と立ち姿が天嶺さんに似ている。間違いなく天嶺さんのお父様だ。雰囲気から大手企業経営者の風格が漂っていて、そういった意味で近寄りがたい感じはする。

「良知」

天嶺さんのお父様が声をあげると、いつの間にか電話を終えたらしい天嶺さんが近くに来ていて、しなやかに頭を下げた。

「梶浦社長、本日はありがとうございます」

それ以降、私は緊張のあまり誰とも目を合わせられずにずっと俯いていた。

天嶺さんのお父様のエスコートで、私たちは同フロアにある料亭へとたどり着く。

父たちが靴を脱いで先に歩みを進める中、私は久しぶりの着物と足の指の痛みで、履物《はきもの》を脱ぐのに少々手間取っていた。後方に控えている母に手を借りようかと思った、そのとき。

「どうぞ」

「えっ」

こちらに差し出された大きな手を見つめ、パッと顔を上げた。その手は天嶺さんのもので、目を白黒させる。

これまでの彼の言動は無駄がなく、きっちりしたイメージを受けた。けれど、同時に淡白な感じがして委縮させられる部分もあった。そのせいか、こんなふうに女性に気遣いできる人とは想像していなくて驚かされる。

私はどぎまぎしつつも、手を貸してくれている彼を無下《むげ》にはできないと思い、控えめに指先を乗せた。

「ありがとう……ございます」

「いいえ」

彼に触れていたのは、草履を脱ぐまでの短い時間。それなのに、手を重ねた感触が消えなくて落ち着かない。前方を歩く天嶺さんの背中さえ見るのが気恥ずかしくて、視線を足元に落とした。

そういえば、彼は私を見ても驚く様子はなかった。やっぱりオフィス内で遭遇したときにはすでに、私がお見合い相手だとわかっていたんだ。

私たちが通されたお座敷は、窓から一幅の絵のような池泉庭園《ちせんていえん》が望める素晴らしいロケーションだった。

池には鯉《こい》が泳ぎ、つくばいから聞こえる水の音がとても涼しげで心が凛《りん》とする。そして、淡いピンク色をした皐月《さつき》の生垣がまた見事だ。

そのおかげで束《つか》の間《ま》緊張が解《ほぐ》れたものの、周囲に倣《なら》って座ったあとには再び心臓が跳ね回っていた。もちろん、座卓を挟んで向かい側にいる天嶺さんを直視することなど到底無理。両隣に父と母がいてくれてもこの緊張感はとれない。

仲居さんがやってきて、お茶とお茶請《う》けを並べていく。仲居さんが退席してもなお手のひらにじっとりとした汗をかいているのを感じていると、天嶺さんのお父様が挨拶を始めた。

「この良き日に両家揃ってご挨拶できることをうれしく思っております。まずは家族の紹介を……」

すると、天嶺さんが率先して口を開く。

「天嶺良知と申します。二年前からKURコンサルティング株式会社、戦略ビジネス課に配属されております。梶浦社長には日頃から大変お世話になっております」

「いやいや。こちらこそ、良知くんに会社を盛り立ててもらっています」

父の返答は、半分は天嶺さんのお父様に向かって言ったものだった。そして次に、天嶺さんのお母様が一礼する。

「わたくしは良知の母の藤子《ふじこ》と申します。どうぞよろしくお願いいたします」

名前と同じ上品な藤色の着物姿で凛然とした挨拶をするお母様は、気高い淑女《しゅくじょ》の雰囲気を感じさせる。

きっちりとした藤子さんから、まるで面接官のような視線を向けられ、私は背筋を伸ばしたものの、咄嗟に視線を落としてしまった。

だって、品定めをされている気持ちになってしまって。

天嶺さんとのお見合いが決まってからというもの、私は天嶺さんばかりを気にしていたが、ご両親のことも考えて準備しておくべきだった。特に男性側の母親という立場なら、嫁候補に対していろいろ探りを入れたくもなりそうだ。

私が天嶺さんのご両親に気に入られなかった、という理由で破談になるのは個人的には構わない。しかし、天嶺家と付き合いのある父のイメージダウンや、仕事への影響が出るのならば、そういったマイナスな印象は避けなければいけない。

お母様の視線に内心ハラハラしていると、今度は彼のお父様が続けた。

「私は父の清治《きよはる》です。天実商事にて代表取締役を務めており、梶浦さんには長年お世話になっています」

お父様の紳士的な笑顔にほっとする。お父様にまで吟味されるような目で見られたなら、もう私は息をするのすら気を使っていたように思うもの。

気づかれない程度に正面の天嶺さんを窺《うかが》う。

真正面からこんなに長い時間観察するのは初めてで、いろいろな発見がある。

まず姿勢やお茶を飲む所作が美しい。それから、顔が小さくてモデルみたいだとは思っていたけれど、この距離で見ると手も肌も瞳も綺麗なのがわかる。ここまで容姿《ようし》端麗《たんれい》で仕事ができて、なおかつ大企業の跡取りとなると完璧すぎて腰が引けてしまう。

視線を送っていると彼に気づかれそうになって、私はさりげなく俯いた。

父が用意してくれる縁談なら、きっと間違いはない。だから、そのときが来たら粛々《しゅくしゅく》と受け入れればいい。そう思っていた。でも、私はよくても相手はどうかまでは想像したことがなかった。

天嶺さんは今回の縁談をどうしたいと思っているのだろう。

ふいにそんな疑問が生まれたところで、父が私を紹介する。

「娘の七海です」

「よ、よろしくお願いします」

私は慌ててお辞儀をした。考えごとをしているうちに、どうやら父の自己紹介はすでに済んでいたらしい。

「その奥が妻の若枝です」

「梶浦若枝と申します。どうぞよろしくお願いいたします」

ひと通り自己紹介が済んだあとは、主に父とお父様が会話に花を咲かせていた。ふたりの話にときどき天嶺さんが加わり、双方の母親はそれに相槌《あいづち》を打つくらい。私に至ってはひと声も発せず、笑顔を浮かべるのが精いっぱいだった。

すると、ふいに父が私の話をし始める。

「娘も現在、私の会社に在籍しており、サポートメンバーとして働いております。良知くんとは業務上ではまだ一緒になったことはないはずですが」

そこでも相変わらず私は気の利いた返しもできず、会釈をするだけにとどまった。

お父様が私を見て目尻を下げる。

「七海さんがお父様の下《もと》にお勤めなのは知っていました。良知と業務をともにしたことはまだなかったのですね」

「はい。あ、でも天……良知さんのお噂はかねがね。とても仕事のできる方だと、部署内で何度か耳にしておりました」

緊張気味にどうにか返答をすると、お父様は安堵《あんど》した様子で先ほどよりも柔らかな口調で言う。

「そうですか。いい話題としてあがっているのであればよかった。ふたりはまだ業務では関わり合いはないそうだけど、オフィス内で話したこともなかったのかな？」

投げかけられた質問に、ピタリと言葉が止まってしまう。

オフィス内で話をしたこと……厳密に言えばある。でもあれは果たして話をした部類に入るのかと疑問に思ってしまって、すぐに返事ができなかった。

そもそも喫煙ルーム前で会ったときもエレベーターホールのときも、単なる通行人程度の関わりしかなかったから。

早くなにか言わなければ、余計に答えづらくなっていく。わかっているのに、焦《あせ》れば焦るほど言葉がまとまらない。

「ありますよ」

私の代わりに発言したのは、正面に座る天嶺さんだった。

彼は僅《わず》かに微笑むような表情をしていて、これまで笑った顔など見たこともない私はそれすらもめずらしく思い、目を奪われた。

彼の言動からは、今回の縁談について前向きなのか否かがまったく読めない。私もお見合い結婚について積極的とは言えないけれど、ここまで意思を読み取りづらい相手と結婚となるといささか不安にもなる。

元より恋愛関係にないふたりが、最初からいきなり愛し愛される結婚生活を送れるとは思っていない。だけど、生活をともにする以上、最低限の意思疎通は必要不可欠。一抹《いちまつ》の不安を抱いた矢先、天嶺さんがこちらに目を向けた。端正な顔立ちの彼にこんなにもまっすぐ見つめられたら、反射的にドキドキしてしまう。

私の複雑な心境になど気づくはずもなく、父はうれしそうに返す。

「そんな機会があったならよかった。今日言葉を交《か》わすのが初めてだと思っていたから、ちゃんと親睦《しんぼく》を深められるだろうかと少々不安だったんです。どちらかというと内向的な娘でして」

すると、お父様がにこやかに続ける。

「控えめで可愛らしいですよ。なあ、良知」

そんなふうに天嶺さんに話を振らないで。この状況でそういう投げ方をすれば、肯定するしかないはず。

そろりと天嶺さんの顔を窺うと、彼は口元に緩やかな弧を描いた。

「はい。とても素敵な女性だと思います」

見たことも想像すらもできなかった彼の笑顔に驚愕《きょうがく》する。同時に、衝撃的な言葉に居《い》た堪《たま》れない思いになって俯いた。

あの冷然とした天嶺さんが口にするセリフじゃない。絶対無理してる。

冷や汗をかきつつ、動揺を見せないよう必死に堪《た》えていると、双方の父が楽しげな笑い声をあげる。

「なんだかもうふたりでも大丈夫そうな雰囲気ですね」

「いや、本当に。良知くんが公私ともに引っ張ってくれそうで頼もしい」

ふたりが勝手に解釈して話を進めるものだから、顔を上げてしまった。しかし、父は私の視線など気づきもせず、楽しそうに談笑している。

全然大丈夫なんかじゃない。逆にこれまでまったくと言っていいほど関わり合いがなかったにもかかわらず『素敵な女性』だなんて言われて警戒心しか生まれない。

そのあと、美味《おい》しいお茶と上品なお菓子をもってしても大きく動揺した心は落ち着かず。気持ちを立て直す前に、流されるまま天嶺さんとふたりきりにされてしまった。

お父様が私たちを生温かな目で見送る際に、『庭園でも散策してきたらどうだ』と言っていた。けれども、料亭を出た天嶺さんは庭園へ続く出入口ではなくエレベーターへ向かった。

不思議になり、思い切って彼の背中に問いかける。

「天嶺さん、どちらへ？」

彼はエレベーターのボタンを押して答えた。

「ああ。最上階のラウンジに行こうかと」

「ラウンジ……」

お父様がわざわざ庭園散策を提案してくれたのに、あえて別のところへ行こうとする心理が理解できず戸惑う。

エレベーターを待っている間、私は沈黙に耐え切れずに作り笑いで話しかける。

「このホテルの最上階ならかなり高いところですよね。とても眺めがよさそう」

最後のほうは、もうひとりごとみたいにつぶやいていた。

天嶺さんからなにも反応がなく、肩を窄《すぼ》めていたら時間差で返答が来る。

「確かに眺めがいい。それにここのラウンジのケーキは美味しいらしい」

左へ移動する階数表示のランプを見上げている天嶺さんの横顔を見た。

ケーキ……。それはスイーツ好きな私にとって朗報ではあるけれど、まさか天嶺さんもそういうものが好物だったり？　意外すぎる。

そこにエレベーターが到着して扉が開く。先に乗り込んだ天嶺さんに続いて、私もエレベーターに乗った。上昇する中、ぽつりと尋ねる。

「甘いものがお好きなんですか？」

「いや。好きでも嫌いでもない」

即答された内容に思わず首を傾《かし》げた。

好きなわけではないなら、わざわざそれ目的で行ってみようとはならないと思うのだけど。さっきから謎めいた言動が多すぎる。そうかといって、あまり根掘り葉掘り聞ける間柄ではないし……。

悶々《もんもん》としているうちに最上階に着き、私たちはエレベーターを降りてラウンジへ向かう。足の長い天嶺さんは、そのうち私よりも数メートル先を歩いていた。

彼に追いつきたくても草履と足の指の痛さで叶わない。それでも私なりに一生懸命彼を追いかけた。すると、前方の彼が急に足を止め、振り向くなり言う。

「すまない。うっかりしていた。足は大丈夫か？」

「えっ？」

大丈夫かって。私、鼻緒で擦《こす》れて痛いっていうのは母にさえ伝えていないのに。

驚き固まる私に歩み寄ってきた彼は、ばつが悪そうに頭を掻《か》いて漏らす。

「あー、もしかして俺の気のせいだったか。それなら余計なことしたな」

余計なことをした？　ますますどういう意味かわからない。

すっかり混乱してしまった私に、天嶺さんは気まずそうに説明をする。

「梶浦さんが靴擦れでもしてそうに見えたから、庭園を歩くのはつらいかと思ってラウンジにしたんだけど」

衝撃的だった。天嶺さんが私の足の異変に気づいていたのも、それを気遣って行き先を変更してくれていたのも。

「でも勘違いだったなら庭園にしようか？」

冷淡そうな彼が実はこちらを優先しようとしていた事実を知り、ただただ驚く。すぐには言葉にならなくてまず首を横に振り、ひと呼吸おいて口を開いた。

「靴擦れというか……鼻緒が少し硬くて。和装自体久しぶりだったものですから」

おどおどしながらも事情を説明し、天嶺さんを見上げる。

「なので、その……助かります」

さっきまで目が合わないようにこっそり見るようにしていた。初めて自ら彼と視線を交わすと、やっぱり緊張はするものの想像していた威圧感はない。むしろ……。

「女性は大変だな。でもその着物、似合ってると思う」

本当にささやかな微笑みだった。

私は彼の柔和《にゅうわ》な表情と気遣いに溢れた言葉に圧倒され、反応が遅れてしまう。

「あ……ありがとうございます」

ぎこちなく頭を下げてお礼を伝える。

そのままラウンジへ移動し、窓際の席に座る。見晴らしのいい景色を前にしても、私の意識は向かいの天嶺さんに奪われていた。

明らかにお見合いに出向いてきたときとは別の緊張だ。数時間前までは不安が大きくて、どちらかといえばネガティブな思考だったのが、今は前向きに変わっている気がする。

天嶺さんがどんな人なのか知らずに怖がっていたけれど、こうしてふたりきりで向かい合っていると、もうちょっとだけ彼を知りたい好奇心が芽生えていた。

オーダーを済ませたあとは、特に会話もなく彼は窓の外の景色を眺めていた。その横顔も綺麗で、いつしか私は沈黙の気まずさも感じず、こっそり彼を見ていた。

そのうち、オーダーしていたホットコーヒーと紅茶、シフォンケーキひとつが運ばれてきた。スタッフが一礼すると、天嶺さんはひとこと「ありがとう」と言ってコーヒーカップに手を伸ばした。優雅にコーヒーを飲む彼を見つめ、話しかける。

「オフィスで二度ほど顔を合わせましたが、私がご自身のお見合い相手だとやはりご存じでいらしたんですね」

こんな話題を投げかけられるほどには、私の中で天嶺さんの印象がいい意味で変化していた。今日会う前までは取っつきづらいと思っていたし、まったく興味を持たれていないと感じていたから。しかし、ふたを開けてみれば、ちゃんと私を見て気にかけてくれていた。足を痛めていることに気づいてくれるなんて、そういった人は中々いないと思う。

天嶺さんは初めきょとんとするも、カップをソーサーに戻しながら流暢《りゅうちょう》に答える。

「梶浦社長から話を持ちかけられたとき、同じオフィスのサポート課にいると聞いてはいたから」

「そ、そうだったんですか」

それにしても、天嶺さんは急に父からそんな打診をされた挙句《あげく》、同じオフィス内に相手がいると聞かされて、私を見かけるたびにどんな心境だったのか。

天嶺さんの立場になってイメージを膨らませてみる。

といっても、天嶺さんなら仕事で忙しくて私のことなんかさほど気にしていなさそう。あくまで認識していただけで特に深く考えもしない、みたいな。

私が勝手な結論に行きついたタイミングで、彼は足を組んでさらに話す。

「梶浦社長が言っていたな。あなたが社長の娘だと明かさず名前を偽《いつわ》って採用試験に臨んだこととか」

別にもう過ぎた話だから笑って流せる話題ではあるけれど、相手が天嶺さんだからかなんだか恥ずかしい。自分の頬が熱くなるのを感じる。

きっと天嶺さんは、夢見がちの箱入り娘が独り立ちに憧れて父に無理を言ったとでも思ったに違いない。

私は視線を落として紅茶に手を伸ばしながら返した。

「結局父に言われて、入社後は〝梶浦〟の姓を名乗っていますけどね」

入社前に父に『梶浦七海として勤めること』と命じられた。

私は社長の娘であることを知られたくないという気持ちを否定された気がして、しばらく落ち込んでいたのだ。

そのあとも、なんでと問い質すことも食い下がることもせず父の指示を受け入れた。

私は力なく笑って、紅茶を口に含む。そんな折、彼の心地いい声音《こわね》に誘《いざな》われる。

「梶浦社長――あなたのお父さんは、社員を常々『チーム』と称し、仲間であり家族同様の大切な存在だと言っている。だから、あなたに本当の名前を名乗らせたのは、家族みたいに思っているチームに嘘《うそ》をつきたくなかったんじゃないだろうか」

天嶺さんの言葉は凝り固まった私の心を解きほぐす。

自分が褒められるのとはまた違った高揚感がある。厳しそうな彼が父を義理堅い人間だと考え諭《さと》してくれたから、今にも泣きそうだった気持ちが一変した。同時に、彼の印象を〝淡々としている人〟と説明するのに違和感を抱く。

私は周囲の言葉とたった少しの会話で彼のすべてを知っている気になっていたんだ。どれもほんの一面に過ぎない。本当の彼を私はまだなにも知らないのだ。

今日知った天嶺さんの一面に、私はとても興味を惹《ひ》かれた。

それは漠然と、この人となら劇的な恋愛感情は芽生えずとも、よりよい夫婦関係を築けるかもしれないと思えるくらいに。

彼をまっすぐ見つめていたら、逆に宝石みたいに美しい瞳に捕えられて動けなくなった。

「梶浦七海さん」

「は、はい」

改めて名前を呼ばれただけで、心拍数が急激に上がっていくのがわかる。そのせいで返事した声もか細いものになってしまった。

私が彼から目を離せないのと同じで、彼もまた一瞬も瞳を逸《そ》らさない。

こんな雰囲気、まるで……。

頭の片隅に浮かんだ考えは、すぐに『ありえない』と心の中で打ち消した。なのに、天嶺さんが続けた言葉は、その『ありえない』セリフそのもので――。

「この縁談を受けていただけますか？　私と結婚してください」

改まって敬語でそう言われ、茫然としてしまう。

天嶺さんは質《たち》の悪いジョークを言う人ではないはずだ。つまり今のプロポーズは彼の本心。そこまで理解できているのに、やっぱり感情がついていかない。

社内で私の存在を知っていたからといって、直接関わったことはない。それでいて、迷わず結婚を申し込むまでに至った彼の気持ちがわからない。

心の中が見えないのはもちろん、彼は表情もあまり変えないので、ほかの人と比べて考えが読み取りづらい。

そんな彼に私は戸惑っていた……のだけれど、この短時間で彼へ感じた直感に後押しされるように自然と口が動く。

「未熟で至らない点も多々あるとは思いますが、どうぞよろしくお願いいたします」

驚くことに、私の中に『政略結婚だから仕方なく』といった感情はまったくなかった。

2. 近づくふたり

あの日の自分の決断力は、本当にすごかったと思っている。

いくら政略結婚する覚悟は持っていたからといって、お見合い当日に即受け入れるつもりはさらさらなかった。それは相手が天嶺さんだと知って、なおさらだった。

でも私はあのとき、自然と答えていた。

お互い婚約に合意したあとは、あれよあれよという間に話が進んでいった。元々親たちが取り決めたものだったのもあるからだろう。同月末の大安の日には結納《ゆいのう》も交わされ、暦《こよみ》の月が変わって約三週間後に私たちは入籍し、彼のマンションで同居生活が始まった。

あまりにトントン拍子すぎて、自分が天嶺さんと結婚したという実感はまだない。まあ一緒に生活を始めてまだ二日目だから当然のことだよね。

荷ほどきの手を休め、慣れない部屋の風景を目に映す。

天嶺さんが暮らしているところは、不動産業界でトップ3に入る不動産会社の代表的高級ブランドとして知られるマンションだった。

地上三十階、地下は二階まであり、ロビーには二十四時間体制でコンシェルジュが駐在。マンション内にはゲストルームやラウンジ、ジムがあり、カフェまで併設されているものだから驚いた。エントランスからエレベーターホール、そして部屋の中まで、ダークブラウンとブラックを基調としたデザインのとても落ち着いた雰囲気で、天嶺さんっぽいと自然と感じられる。

間取りは2LDKに書斎として使っているらしいフリールームがひとつ。どの部屋も一般的な住宅よりも広く、収納スペースも多くとってあるので、私の荷物を運び入れてもまったく支障なかった。

ただ一点問題はある。それは、私がここで生活するために部屋を一室譲られてしまったこと。天嶺さんはほとんど家で過ごす時間もなく、二部屋あるうちの一室はそもそも空き部屋みたいなものだと説明されて、渋々受け入れた。

結婚したからには、私の家でもある――と考えればいいのかもしれないけれど、中々そう開き直れない。元々住んでいた天嶺さんを差し置いて、部屋をひとつ使わせてもらっているのは、やっぱりどうも気が引ける。そうかといって、頭の回転が速い彼を言いくるめる自信なんて少しもない。

部屋の窓から青空を見渡した。最上階からの眺めはオフィスよりも空が近く感じられる。すると、スマートフォンが鳴り出した。ディスプレイには、《近藤さん》と表示されている。

私は条件反射ですぐに応答した。

「はい、梶浦です」

『梶浦さん。休日にごめん。今、少しだけいい？　ちょっと確認したいことがあって』

「大丈夫です」

休みの日に会社の人から電話が来るのはめずらしくない。受け持っているプロジェクトの報告会時期が近くなれば特に。とはいえ、私はまだサポート中心なのでこんなふうに休日に電話が来ることもほかの社員と比べたら少ないのだろう。

『ありがとう。さっきクライアントとウェブで打ち合わせしたら、案件追加になって。時間もないし、前に梶浦さんが作ってた資料が使えそうだから少し話聞かせて』

それからいくつか受け答えをしただけである程度は解決したらしく、近藤さんは明るい声を出した。

『オーケーオーケー。助かった。明日、頼みごと多くなりそうだけどよろしくな』

「わかりました。それでは、明日。失礼します」

通話を切り、ロック画面に戻ったスマートフォンを見て、「ふう」と息をつく。今しがた話していた近藤さんに、『梶浦さん』と呼ばれたのを思い返した。

縁談がまとまったあと、ひとりで考えていたことがある。

職場では天嶺さんとの結婚を伏せて〝梶浦〟のままで通そう、と。

理由は、単純に『梶浦』と呼ばれるほうがしっくりくるし、なにより天嶺さんとお見合い結婚をしただなんて知られれば百パーセント注目されるから。

しかし、本当はそんなことより、天嶺さんの立場のほうが大事だ。

少し前から、社内で天嶺さんの昇進の話が噂されている。もしも、噂通り天嶺さんが異例の昇進をしたときに、それが社長の娘である私と結婚したからそうなったと勘違いされると困る。すべては彼の実力なのにコネを使ったと偏見の目で見られたり、彼の名声に傷がつくのは避けたい。

今回私たちの関係を伏せたいと思ったのは、それが最大の理由だ。

「はあ。うまく伝えられるかな……」

ため息を落とし、ひとりつぶやいた。

この件についてはまだ天嶺さんには伝えていなくて、きちんと話をしなければならない。明日からまた仕事が始まるため、できれば今日中に……。

スマートフォンに表示されている時刻を見る。今は午後三時半。

天嶺さんは休日だというのに朝から仕事に出かけた。帰宅時間はわからない。

私は手にしていたスマートフォンを操作し、天嶺さんの連絡先を表示させた。

彼とはお見合いの日、ラウンジを出てから連絡先を交換した。以降、何度かメッセージや電話はしたけれど、どれも結婚に向けての業務連絡のみ。不要な雑談もないし、絵文字すら使えない雰囲気で、上司と部下のビジネス文みたいなものだった。

しかし、不満だったかと聞かれればそうでもない。だって、それが今の私たちの関係性だと素直に思える。

ついこの間まで、まともに言葉も交わしたことのない間柄だったのが、一足飛びに結婚に至ったんだもの。徐々に交流をしていき、少しずつ距離を縮めていくという一般的な男女交際には当てはまらない。だから、不満を募らせる段階にもなっていないのだと感じた。

現在、私たちはまずお互いを知り、信頼関係を構築していくためのスタートラインに立ったところ。特に焦りもない。……なんて、冷静ぶって頭の中で現状を整理したはいいものの、最低限必要な《今日は何時頃に帰宅しますか？》なんていう連絡さえも自ら発信する勇気が出ないのは、どうにかしなきゃならないとわかってはいる。

自分を鼓舞《こぶ》し、天嶺さんとのメッセージ画面を開く。しかし、結局私はメッセージを送れなかった。

あのあと夕方には大体の荷ほどきを終え、夕食を作ってひとりですませた。

天嶺さんが帰宅してきたのは、夜十時過ぎ。

玄関のロックが解錠された音に気づき、天嶺さんを出迎えに急ぐ。玄関までのL字の廊下を曲がると同時に声をかけた。

「お疲れ様です」

すると天嶺さんは一時固まり、丸くした目をこちらに向ける。

「もしかして待ってた？　悪い。気にせず先に休んでいていいと連絡すればよかった」

軽く眉間に皺を寄せながら言われ、慌てて首を横に振る。

「いえ、可能ならお話ししたいなと思って勝手に待っていただけなので」

私が話している間にも天嶺さんは靴を脱ぎ、私の前を横切ってリビングへ歩みを進める。私もリビングへついていき、彼が鞄を置いて一度洗面所へ行ったようなのでそのまま待っていた。すぐに戻ってきたので、おずおず声をかける。

「さっきの話ですが、お風呂や食事をすませたあとはゆっくりしたいですよね。すみません。やっぱり私の話はまた改めてで……」

「いいよ。今で構わない」

彼がダイニングチェアに腰を下ろしたのを見てびっくりする。

まさか本当に？　数分前に帰ってきたばかりなのに。

「あの、でしたらせめて、天嶺さんが先にお風呂や食事をすませたあとにしましょう」

「そうしたら、さらにあなたを待たせることになるから」

私なりに気遣って声をかけたつもりが、即座に断られてしまった。

ここで変に食い下がるほうが迷惑かもと開き直り、天嶺さんの向かいの椅子を引く。

「では……なるべく簡潔にお話ししますね」

私は席に着いて、やや下を向きながら話を始める。

俯いているのは些細な理由。まともに素顔を見られるのに抵抗があるからだ。

寝食をともにするということは、素顔を晒《さら》さなければならない。そんなことすらも、同居の準備に追われていて昨夜まで気づかなかった。

大学時代にはすでにメイクするのが普通になっていたため、今さら家族や親しい友人以外に……しかも男性に素《す》を見せるのは恥ずかしい。失礼とはわかりつつも、膝の上に置いた自分の手を見つめながら続けた。

「結論から申し上げますと、社内では私たちの婚姻についてしばらく内密にしていただきたいと思うのです」

言い終えたあと、沈黙が訪れる。

もしや天嶺さんの機嫌を損ねてしまったかと、焦慮《しょうりょ》に駆《か》られる。そのとき、彼がテーブルに、トン、と音を立てて人差し指を置いた。

「なぜ？」

沈黙と指一本の動きでドキリとしたが、彼の声音から怒りは感じられなかった。どうやら反対している雰囲気ではないことに安堵し、私は説明する内容を慎重に選んで再び口を開く。

「天嶺さんは優秀で社内では有名すぎる方なので、きっと結婚をしたとなれば瞬く間に話は広がって騒がれるでしょうし。私も……人から注目されるのは苦手なので」

彼は私が表向きの理由を話している間、黙って最後まで聞いてくれていた。

思えば、これまでいつもそうだったように思う。おそらく仕事でもクライアントや部下の話にきちんと耳を傾け、的確な返答をするのだろう。業績や評判がいいのは、相手を尊重し、きちんと耳を傾けてくれる人だからだと思う。だって、社内で天嶺さんを近寄りがたいと言う人はいても、悪い噂なんて聞いたことがないもの。だから余計に、社内では私と婚姻関係にあることを秘密にしておきたい。

しかし、その詳細は天嶺さんには直接言えなかった。私が『天嶺さんがコネで出世したとか、結婚を利用したなどと思われたくないから』と言えば、彼の矜持《きょうじ》を損なうのは明白。だから、その理由は伏せたまま話を進めたのだ。

「幸い両家とも結婚式については私たちに委ねてくれていますし、式についてもどこで噂が広まるかわかりませんから、極力内々ですむような形のほうが助かるのですがいかがでしょう」

私が意見を終えると、天嶺さんは口元に手を添えて少し考え込む。

彼は本当に感情が読みにくい。どんな返答が来るか想定できず、気持ちが落ち着かない。

数秒黙って待っていると、彼が顔を上げた。

「その件については特に異論はない。仕事も好きに続けてもらって構わない」

天嶺さんが淡々と返してきた内容に、ほっと胸を撫で下ろした矢先だった。

「その代わり、ではないが、こちらもひとつだけいいか?」

彼の言葉にドキリとする。

交換条件を持ち出されるとは思っていなかった。異例の昇進の可能性が出るほどの彼だ。単純に相手の要求を呑むだけなんて安易なことは、しないのかもしれない。

天嶺さんのそういった姿勢は、暗に私たちの結婚は契約なのだと決定づける。

だって、お見合いの日から今日まで、本当にビジネスライクな関係だった。今だって、取引染《じ》みたやりとりをしているし……。

けれども私は、特にショックを受けるわけでもなく静かに返事をした。

「はい。なんでしょう」

「これからあなたを『七海』と呼んでも？　梶浦社長の前であなたの話をするときに、ちょっとややこしいなと思って」

予想だにしない頼みごとに、目を瞬《またた》かせる。

「それ以前に夫婦でいつまでも名字で呼び合うのもおかしいだろう」

確かに天嶺さんの言うことはもっともだ。私ももう『天嶺』なのだから、オフィスでは別として、外で『天嶺さん』と呼び続けるわけにはいかない。

「そうですね。気づかず申し訳ありません。では、私は『良知さん』とお呼びいたしますね。私のことは『七海』で大丈夫です」

「ああ」

「では、ほかになにもないようでしたらこれで。帰宅早々すみませんでした。あ、お風呂は準備できているので、どうぞごゆっくり」

「七海」

深く一礼をしたところに名前を呼ばれ、ドキッとする。顔を上げて緊張気味に口を開いた。

「は、はい」

「ありがとう」

「いっ……いえ。大したことでは」

しどろもどろとなりつつ、どうにか答える。彼がリビングを出たあとに、ようやく肩の力を抜いた。

怖いとかそういう感じではないものの、やっぱり緊張はしてしまう。当然だ。ふたりきりで会うこと自体、まだ数える程度なのだから。

世の中のお見合い結婚の人たちはこんな雰囲気を経験しながら、それぞれの関係を築いていっているのかな。そう言ったら、私の両親もお見合いだったっけ。今ではあんなに仲がよくておしどり夫婦とも呼べるほどなのがすごい。……それにしても。

『七海』

耳の奥にまだ彼の低音の声が残っている。私は自分の意思とは関係なく反芻《はんすう》し、カッと顔が熱くなった。火照《ほて》る頬を両手で押さえ、初めての感覚に動揺する。

自分で了承したのに、毎回こんなにドキドキしていられない。一日も早く慣れないと。ここで暮らすのも姓《せい》が『天嶺』になったのにも、彼に『七海』と呼ばれることも。

瞼《まぶた》を下ろしたまま、深呼吸を何度か繰り返す。おもむろに目を開け、だいぶ心が落ち着いたかなと思った瞬間、はたと気づいた。

ああ！　夕食を用意していますって、良知さんに伝えるのをすっかり忘れていた。

キッチンへ視線を送り、小さくため息を零す。

良知さんがバスルームから出てくるのを起きて待つのは全然苦ではない。でも、リビングに戻ってきたときに私がいたら彼はまた気にすると思うし、ゆっくりできないよね。

少し考え、料理はダイニングテーブルに用意しておけば目に入るだろうと判断した。私はキッチンへ急ぎ、すぐに食事がとれるようセッティングをして自分の部屋へ籠る。

約十二畳の部屋は、実家にいたときの部屋より相当広い。持参した荷物は最小限だったのもあり、余計に広く感じて落ち着かない気分になる。定位置もまだ決められなくて、私は部屋に入り突っ立っていた。

ベッドやデスク、ドレッサーは私がここに越してくる日に合わせ、新しいものが届いた。

当初、お義父《とう》様がいろいろと必要なものを手配してくれる雰囲気だった。天嶺家が経営しているのは総合商社だから、それくらいはすぐ用意できるのだろう。けれども、それを知った私の父が、こちらで準備をするから先方の申し出は丁重に断りなさい、と言い出した。天嶺家からは結納金をいただいていることから父がそう言ったのだと理解はした。

私の父もお義父様も、よかれと思って申し出てくれたのはわかる。どちらも人がいい性格なのも同じ。それゆえ、双方ともに中々引き下がってくれなかった。

板ばさみになって困り果てていた私を助けてくれたのは良知さんだった。状況を知った彼は、私から事情を聞き出したのち、うまく話をまとめてくれた。

あとで良知さんに聞いたら、『新婚生活に必要なものは、ふたりで店を回って決めて買いたい』と言ったらしい。当然、ふたりとも私たちが仲睦《なかむつ》まじくするのを喜んだだろうから、この件に関してはすんなりと収まった。

そうして安堵していたのも束の間、良知さんは嘘から出た実《まこと》で本当に一緒に買い物に付き合ってくれたのだ。私のものだけでなく、家電やカトラリーなど生活必需品もその際に一緒に揃えてしまった。

あれはデートといえば、そうだったかもしれない。良知さんは仕事が忙しいはずなのに、買い物に同行してくれた。しかも、一方的に決めたり私に丸投げしたりはせずに、適度に話し合いをしつつ買うものを決めていった。

素直な感想を言うなら、彼との買い物は礼儀正しいけれど、ちょっとよそよそしい感じもした。私が男性とのショッピングが未経験だったせいかもしれない。

私はそのときに選んだベッドに腰をかけ、上半身を横に倒す。

明日から仕事だ。気持ちを切り替えて、いつも通りにしないとね。

ゆっくり呼吸をして、瞼を閉じた。ここ最近の疲れのせいか、すぐに夢の中へと誘われていった。


連休明けの出勤は、普段なら仕事の勘が鈍っていないかと緊張感を抱く。……が、今回は別の緊張で頭がいっぱい。もちろん理由は、良知さんとの結婚だ。

良知さんが約束を破る人ではないことはわかっている。心配なのは、むしろ自分自身。うっかりボロがでないように気をつけなきゃ。

うちのオフィスの出勤時間は八時五十分まで。私はいつも、三十分前までには到着している。部署内のちょっとした清掃をしたり、余裕を持って業務の準備を進めるために自らそう決めていた。

いつもの時間に出勤し、エレベーターに乗り込んだ。扉を閉めようとしたとき、駆け足でこちらに向かってくる音が聞こえて扉を開く。現れたのは、近藤さんだった。

私は会釈をして、開閉ボタンの操作をする。

「梶浦さん。おはよう。早いね。ああ、昨日はありがとう」

「おはようございます。少しでもお役に立てたならよかったです」

エレベーターが上昇する中、近藤さんは乗り合わせている人に配慮して小声で話を続ける。

「梶浦さんは新人研修で教えられた基本をしっかり押さえてケーススタディを怠らないし、頼りにしてるよ」

「うれしいお言葉をありがとうございます。今後も精進《しょうじん》いたします」

ふいに褒められ、驚きもしたが喜びが勝る。ほくほくしていると、近藤さんが私の顔を覗《のぞ》き込んだ。

「ところで梶浦さんは、〝あま〟——」

瞬間、ものすごく驚いて息を止めた。目を大きく開いて近藤さんを警戒していると、スッと紙袋を見せられる。

「――い、もの好きだったよね？　もし嫌じゃなければもらってくれない？　知り合いにもらったんだけど、俺食べないからさ。……梶浦さん？」

近藤さんが『天嶺』という単語を発したと勘違いして、過剰に反応してしまった。不思議そうに声をかけてきた近藤さんに、慌てて笑顔を返す。

「あっ。そ、そのロゴ、有名パティスリーですよね。自分の好きなお店だったのでびっくりしちゃいました。うれしいです！　甘いもの大好きなので」

いつになく饒舌《じょうぜつ》な返しをしていると自分でもわかっていた。動揺を隠すために口数が多くなるってこんな感じなんだ。

「だよね。よくお菓子食べてるの見るから。じゃ、はい。これ」

すると、近藤さんはニッと笑って紙袋を私の手に持たせた。

「ありがとうございます」

そうこうしているうちに二十四階に到着した。エレベーターを降りたあとは、各々の部署へと別れた。私は自席に着くと、もらった紙袋をデスクに置いて長い息を吐く。

それから、急激に恥ずかしくなって思わず両手で顔を覆った。

『天嶺』という名前にここまで過敏になっているとは思わなかった。これじゃ、周囲に気づかれるのも時間の問題だ。

おもむろに天井を仰ぎ、良知さんを思い浮かべる。

彼ならこんな些細なことで動揺したりはしない。普段と変わらない顔で滞《とどこお》りなく仕事を進めているはず。

それにしても、良知さんっていつもどんなふうに仕事をしているんだろう。周りからの噂話を耳にして大体のイメージは湧くものの、実際に見たことはないんだよね。

紙袋から長辺が二十センチ弱の箱を取り出す。オフィス内だけどまだ就業時間前だからと思い、ふたを開けてみる。中には個包装のカヌレが六つ入っていた。色味が違うものも混ざっていて、いろんなフレーバーが楽しめるっぽい。

美味しそうなスイーツを前に、単純な私は俄然《がぜん》仕事のやる気が出てきたのだった。

夜七時過ぎに部署を出て、一階ロビーを歩く。

前方の正面玄関のドアから桜さんがやってきたのに気づき、思わず駆け寄った。

「桜さん！　お疲れ様です」

「あー。七海～ぃ」

長身の桜さんが、突然私にハグしてきて脱力した声を漏らす。

「どうかしたんですか？」

「ちょっとね～。精神的な疲労。だから今、七海で元気チャージ中」

こんなふうに求められると照れくさい。

私はされるがまま抱きしめられ、数秒後にようやく解放された。

桜さんは周囲を気にして誰もいないのを確認すると、ため息交じりに話し始める。

「今日ね。訪問先の担当者に『女性相手だと信用しきれない』っていうようなこと言われて、ずーっとモヤモヤしてたのよ」

桜さんが不服そうな表情を浮かべているのを見て、私も衝撃を受ける。

「未だにいるのよね。女性の幸せは、結婚して家庭に入ることだって思い込んでる人。もちろんそういう人もいるのは否定しないけど、ひと括《くく》りにした挙句、個人の考えを仕事に持ち込まれたらね」

彼女は最後にもう一度深い息を吐き、うんざりした様子で目を閉じる。

「そうだったんですね……。心中お察しします」

私は桜さんの気持ちに寄り添うくらいしかできなくて、彼女の手をきゅっと握った。

すると、彼女の綺麗な瞳が露わになって、にっこり顔を向けられる。

「よし！　ぐちはもうおしまい！」

気持ちを切り替えた桜さんを見て、なにかしてあげられたらともどかしい思いを抱く。そして、自分が持っているお菓子の存在を思い出した。

「桜さん。これ、今日近藤さんからいただいたものなんですが、桜さんもぜひどうぞ」

その場で紙袋から箱を取り出し、中身を見せる。

「えー！　いいの？　ここ美味しいお店のじゃない！」

桜さんの反応は、まるで近藤さんからこのカヌレをもらったときの自分と同じで笑みが零れた。

「そうなんですよ。半分こにしましょう」

「半分って！　そんなにもらえないよ！　ひとつで十分。あとはご家族と分けたら？」

私はそのアドバイスに困り、咄嗟になにも返答できなかった。

桜さんは箱からカヌレをひとつつまみ、ニッと口角を上げる。

「ありがとうね。元気出た。あと少し頑張るわ。七海もお疲れ様」

「はい。くれぐれも身体に無理のないように。お先に失礼します」

桜さんと手を振り合ってオフィスを出た。夜道を黙々と歩きながら罪悪感と闘う。

桜さんに結婚の報告ができないのは、想像していた以上に良心が痛む。今後もしばらく報告しないつもりだから、それまでは常に心の隅に申し訳ない気持ちを抱えて接することになるんだよね……。

彼女は仲良くしてくれている大切な先輩。とはいえ、私の独断では告白できない。自分から社内では秘密にしたいと提案した手前、それを覆すことは良知さんとの今後の信頼関係に影響を及ぼしかねない。引いては政略結婚でもあるため、会社にも関わるかもしれないし……。でも良知さんなら、私がうっかり約束を反故《ほご》にしたとしても激昂《げっこう》はしなさそう。ううん、でも待って。彼は仕事中厳しいらしいし、なにか不利益なことに発展すれば相応の責任を問われるかもしれない。

ふと桜さんのぐちの内容を思い出す。

そういえば、良知さんは私にふたつ返事で仕事を続けていいと言ってくれた。あのときは私に関心がないからどっちでもいいのかななんて思っていたけれど、働く女性に理解があるのかも……。

当たり前だけれど、私は彼についてまだ多くを知らない。

ピタリと足を止め、手にしているカヌレの紙袋を見る。

良知さんはカヌレ……食べてくれるかな。前に甘いものの話題になったとき、好きとは言っていなかったけれど、嫌いでもないなら……どうだろう。

紙袋に視線を落として考える。

私たち、必要最低限の話しかしていない。良知さんはどう思っているかわからないけれど、とりあえず話題を広げる努力とかしなくちゃだめだよね。なにかあったとき、妻として支えられるようになるためには必要なことだもの。

これまでみたいに受け身で居続けるのを変えていかなければならないと反省する。

私は紙袋の取っ手をきゅっと握り、再び駅に向かって歩き出す。

桜さんへは然るべき時期が来たら頭を下げて報告し、理由をきちんと説明しよう。

そして、良知さんとはもう少しコミュニケーションをとるべきだ。

美味しいカヌレに合うコーヒーを用意して、良知さんを誘ってみようか……。

夫婦としての義務感というより、私は純粋に『良知さんを知りたい』と思った。


マンションに到着したのは午後八時前。

夕食の準備をして食事を済ませ、入浴したあとは自室で寛《くつろ》ぐ。

デスクに向かってカフェ本を夢中になって眺めていたら、玄関のほうから音が聞こえてきた。パッと時計に目をやると、午後十時半。

私はデスクの椅子から立ち上がりかけたが、昨日玄関で私を見たときの彼の驚いた顔が蘇り、再び腰を下ろす。

『おかえりなさい』と出迎えたいと思ったものの、顔を出せばまた良知さんは気にしてしまうかなとも思う。

だけど今日は別に良知さんを待っていて休まずにいたわけではないし、人間関係の基本は挨拶だと思う。もしここで遠慮しちゃったら、この先ほとんど彼と顔を合わせずに暮らすことになりそう。

私は意を決して立ち上がる。ドアノブに手をかける直前ノックの音がしたものだから、びっくりして手を引っ込めた。

「はっ、はい」

「少しいい？」

なんだろう。改まって、『少しいい？』と聞かれると、なにか悪いことでもしたかと落ち着かない。

内心そわそわとしつつ、表情に出さないようにしてドアノブを握った。「はい」と返事をしてドアを押し開けると、彼は特に不機嫌なわけでもなく普通でほっとする。

「部屋の灯りが漏れてたから起きてるのかなと思って」

「ええ。日付が変わる直前に寝ることが多いので……」

ふいに良知さんの視線がデスクに向けられるのを感じた。

「あ、主に本を読んだりネットサーフィンなんですけど。今もカフェ本を眺めていて」

なにも言われていないのに、仔細《しさい》に説明してしまった自分が恥ずかしい。

私が少し俯いていると、良知さんは「そう」とだけ言った。

沈黙が長く感じる。いよいよ困って、そろりと顔を上げる。

「あの……なにか」

「昨日、夕飯を用意してくれてありがとう。美味しかった」

まさか、それを言うためだけにわざわざ……？

今朝は、私が起きたらすでに良知さんは出社していてもういなかった。

支度を整えて朝食のためにキッチンに入ったとき、昨夜用意していた食事に使っていた食器が綺麗に洗われていたのに気づいたけれど、やっぱり食べてくれたんだ。

「いえ。一人分も二人分も変わりませんから。それより、勝手に用意してしまったのでご迷惑だったかもとは気になっていて」

「迷惑とはまったく思わない。ただ、七海も仕事をしているのに負担をかけているのではないかと。それで気づいたんだ。俺たちは結婚生活について、もっと話し合わなきゃならないって」

真剣な面持ちでそう話す彼に引き込まれる。

「仕事と同様、世間一般の結婚についてデータを集めたりはしたけど、それは結婚するまでの流れだけで、そのあとの生活はまた別の課題だよな」

良知さんは、入籍するまでの段取りなど、私にきめ細やかにヒアリングしてくれていた。そういう彼の真面目《まじめ》で協調性を重んじる性格に、密かに好感を持っていた。

私はクスッと笑いを零す。

「そうですね。私もそう思っていました。では、もしよければ今夜も良知さんの分の夕食を用意しているので、食事をしながら少しお話ししませんか？」

私の提案を聞いた良知さんは、初め意表を突かれた顔をした。それから、柔らかく目を細める。

「異論はないよ。ありがとう」

彼のごく自然な穏やかな笑みに、今度はこちらが一驚《いっきょう》した。

あまりに一瞬の出来事。だけどあまりに貴重な瞬間だったから、脳裏に焼きついた。

前にお見合いの席で笑いかけられたことがある。あのときももちろん驚いたけれど、今の笑い顔を見てわかった。

あの日の笑い方は作ったもので、さっきの笑顔が彼の本当の感情を出した素の笑顔だって。

私はすぐに元の凛々しい表情に戻ってしまった彼を見つめ、しばらく狐につままれたような気持ちになっていた。


三十分ほど経《た》ってから、良知さんはリビングダイニングにやってきた。

彼は濡《ぬ》れた髪をかき上げながら、ダイニングテーブルに着く。

『今日こそは先にお風呂へどうぞ』と、良知さんをバスルームへ促した。確かに先にお風呂を勧めたのは私だったけれど、今お風呂上がりの彼を前にして、私はキッチンでどぎまぎしていた。

綺麗な黒髪がしっとりし、頬や唇がいつもよりも少し血色がよくなっていて、慣れない異性の色気にこちらがのぼせそう。普段はスーツで隠されているたくましい腕や、男性らしい鎖骨が露わになっているのを目の当《ま》たり《あ》にすると、なんだか恥ずかしくなってしまう。

私は気を紛《まぎ》らわすためにも手元に集中し、ピーマンの肉詰め、オクラときゅうりの梅肉和《あ》え、夏野菜の揚げびたしとお味噌汁を用意した。

用意と言ってもすでに自分が食べ終わったものだからお味噌汁を温めるだけで、唯一ピーマンの肉詰めを焼いた。

それらをダイニングテーブルに並べ終えると、良知さんが口を開く。

「いい匂い」

「お口に合うといいのですが」

「合うよ。昨日のご飯も本当に美味しかった」

さらりと褒められ、驚くよりも恥ずかしい気持ちになった。オフィスでは寡黙な印象の良知さんに言われたから余計に。

料理の支度を終えたあと、居場所に困っていたら「どうぞ」と向かい側の席に促された。私は軽く頭を下げて着席する。

良知さんは「いただきます」と箸を手に取り、お椀《わん》を口元に運んだ。その所作だけで作法がきちんとしているのがわかる。思えばお見合いのときの料亭やラウンジでも、優美な様《さま》に意識を引かれていたかもしれない。

「梶浦社長から何度も聞かされていた」

「え？　なにをですか？」

私は父と仲が悪いわけではないものの、日常的に会話をする時間が少ない。良知さんとの縁談だって、本決まりしたときにだけ聞いたくらい。だから、父からは良知さんと話した内容なんて耳には入って来ない。今や実家を出た身だからさらにだ。一体私がいないところで私のどんな話をされているのか、とても気になる。

なにか変な話でも吹き込んでいたら、今度きつく注意するんだから。

まだ内容も確かめないうちから父に文句を言う方向で考えていたら、良知さんが薄っすらと微笑みながら言った。

「『うちの娘は妻に似て料理上手だ。パンもお菓子も売り物と遜色《そんしょく》ない』——と」

てっきり小言《こごと》染みた話でもされていたと思っていたから、ふいうちだった。

父は娘の私に対してもどちらかといえば厳しい人。そんな父が他人に私を自慢するような話をしていると知り、照れくさくなる。

「いっ、言い過ぎです。もう、お父さんったら」

なんとも言い表せない高揚感も同時に感じていたが、ふと胸に不安が過《よぎ》る。

「もしや、ほかにも父が良知さんへ一方的に話をしているんじゃ……。すみません。聞くほうは大変ですよね。ただでさえお忙しいのに。父にはきちんと言っておきます」

私を悪く言う内容ではないのはいいけれど、良知さんの立場を考えると居た堪れない。さっき、彼は『何度も聞かされていた』と言っていたし。良知さんにとっての義父《ぎふ》……しかも現在の勤務先の社長が相手ともなれば、興味がなくとも熱心に聞くふりをしなければならないよね。本当に申し訳ない。

「いや。問題ないよ。なにごとも相手をよく知ることが大切だと思うし、そういう意味で言えば、七海の情報をたくさん聞けていい」

やや鼓動が速くなったのを感じ、咄嗟に俯いた。良知さんの顔を視界に入れるとさらに激しくなりそうだったから。

彼が至って真面目に答えてくれているのはわかる。ただ、そんなふうに私のことを知ろうとしてくれているのだと聞くと、なんとも言えない気恥ずかしさを感じる。

良知さんは誠実な人だから、形だけの夫でも義務を果たそうとしているだけ。夫婦として共同生活をしていくにあたって、律儀に私のことを気にしてくれているだけだ。

心の中でそう繰り返し、冷静さを取り戻そうと努力する。

「こういう、家庭での手作り料理は久しく食べてない。なんだか懐かしい気分になる」

「じゃあこれまでは外食ですませていたんですか？」

「そうだな。外食も面倒なときは、ここのコンシェルジュに頼んで一階のカフェメニューをデリバリーしてもらったり。だけど帰宅する頃はカフェが閉店していることのほうが多いから、そういうときはそのまま帰ってきて寝る」

それは身体がもたない気がする。肉体労働ではないものの、プロジェクトが立て込んでいる時期はオフィスにいる時間のほうが長く、疲労が溜まる。せめて食事くらいしっかりとらないと、すぐにバテてしまいそう。

心配になって思わず良知さんの顔を見た。

「朝になればカフェも開店しているし、それくらいはどうってことはない」

カフェがロビーに併設されていると、自宅と同様の感覚にもなりそう。エレベーターで下りれば利用できるし、確かに便利で煩《わずら》わしさもないんだと思う。だけど……。

「今どきはカフェも栄養を考えたメニューも多いのでしょうね。けれど、どんなものも偏ってしまうとあまりよくない気がします」

母は私が仕事から帰ると毎日温かいご飯を用意してくれていて、私はそれを当然のように受け入れて過ごしていた。もちろんこれまで感謝の気持ちはあったし、朝や休日など手伝えるときには一緒に料理もしていた。

そんな母に対しては、良知さんのマンションに越してきて以降、食事の準備をするたび、ありがたみを痛感している。そして今、私も母と同じ役割を担える立場にあるのなら、率先して家族の……良知さんの役に立ちたいと思っていた。

「そうだな。わかってはいるつもりだが、どうしても優先順位が低くなってしまう」

良知さんが淡々と答えた直後、私は前のめりになって提案する。

「あの。今後も良知さんがよければ食事は用意しますから、なるべくご自宅で食事をされてはどうでしょう。もちろん、今後一切カフェを利用しないでほしいという話ではないので、そのあたりは適宜おっしゃってくだされば」

すると、良知さんは目を丸くしたのち、「ふ」と短く笑った。

「本当に面倒見がいいんだな」

良知さんが短い時間に何度も笑顔を見せるのはめずらしい。もっとも、まだ彼と暮らし始めて間もないから知らないだけで、本当の彼はオフィスとは違い、家では表情が豊かになるのかもしれない。

私が良知さんの柔和な表情に見入っている間に、再び彼が話を続ける。

「じゃあ七海の負担にならない程度に、お言葉に甘えようか」

「はっ、はい！　朝食と夕食はできる限り準備しますね。日によっていらないなどありましたら、事前にお知らせいただけると助かります」

「わかった。ありがとう」

ほんの少しだけど、こうして関係を構築していくのはわくわくする。

お見合いの日までは、こんなふうに感じるなんて到底想像もつかなかった。きっと、良知さんが少しずつ笑顔を見せてくれるからそう思えるのよね。

「あ。あと、苦手なものとか好きなものはありますか？　食のジャンルでもいいですし、気になっているメニューや食材でもいいですよ」

うれしさのあまり、つい雄弁になる私の質問を受け、彼はジッとこちらを見た。それからまた目尻を下げる。

「なんだかリサーチのためのアンケートを受けてるみたいだ」

楽しそうに笑う彼を見て、やはり彼は元々表情豊かな人で、オフィスでは別の顔を見せているのだと思った。だって、誰しも少なからず仕事とプライベートでは別の顔を持っているはず。良知さんもそれに違《たが》わず、ギャップを持っている人なのかも。

「ごめんなさい。無意識でした」

「いや。謝る必要はないさ。嫌いなもの、か。俺は特にないよ。ああ、強いて言うなら朝はパンだとありがたい」

「パンですか？　わかりました」

「でも、くれぐれも無理のないように。俺の食事は〝ついで〟でいいんだから」

彼はやさしい口調でそう言うと、目を軽く伏せて食事を再開した。

これまで他人に、特に女性に興味がない人かと思っていたけれど、プライベートがこんなにも穏やかな人なら、これまで女性と普通にお付き合いしてきたんだろうな。

仕事ではクールで厳しい印象だけど、そのぶん仕事はできて信頼はある。どんなときでもきちんとこちらの意見を聞いて尊重してくれるし、ルックスがいいうえミステリアスな魅力を持っているから女性が放っておくわけない。

にもかかわらず今回、特別魅力もない私との縁談をすんなりと受けたのは、やっぱりご実家の会社や自分にとって利益を見込めるからだよね。

彼自身、才のある人だというのは、すでにオフィス内で知れ渡っている。それでも得られるものは得ようという姿勢を見ると、クールに見えて意外に貪欲《どんよく》な人なのだなあ、と思う。仕事関係には相当なハングリー精神を持っている人なのかも。

私にとってその〝貪欲さ〟は、印象の悪いものではなかった。

そもそも私は何年も前からお見合いの話を聞かされてきた。お見合い＝政略的なものだと自分なりに理解していたため、彼の言動が嫌悪に繋がることはない。

ただ――彼がそれなりに女性との交際経験があったという前提で考えると、これまで結婚を考えるような女性とは巡り合わなかったんだろうかと気にはなる。そういう女性がいたのに将来のためを考えて私と結婚したというなら、ちょっと悲しい。

〝悲しい〟のは、〝打算で選ばれた自分が〟ではなく、そうせざるを得ないなにかがあった良知さんに対して。

「良知さんは、どうして私との縁談を受けたのですか？」

気になり始めたら止まらなくて、気づけば口をついて出ていた。

そろりと正面に座っている良知さんを窺えば、箸を持つ手を休めて眉間に皺を作っている。難しい顔をして数秒後、彼はぽつりと漏らした。

「どうして、か……」

そうして再び沈黙する。神妙な面持ちはさっきと変わらない。

明らかに言いづらそうなのを感じ、慌てて口を開こうとした。その矢先。

「どうせ身を固めなければならないなら、面倒ごとがないプレーンな結婚がいいと思った」

良知さんの口から出てきた言葉に、今度はこちらが固まった。

どちらかと言えば予想通りの回答だった。なのに、心のどこかで動揺しているのは……きっと、彼の自然な笑顔を見てしまったせい。おそらく私はあの笑顔を前にして、無意識に彼から特別な扱いを受けている錯覚に陥《おちい》っていたのだ。

私たちの関係は、あくまでビジネス上の関係が優先であって、それ以上の感情は存在しない。同志として協力し合っていく意味でのパートナー。もっと言えば、表に出るのは良知さんで私は陰で良妻を演じていればいい。余計な詮索などせず……。

「そうでしたか。突然、変な質問をしてすみませんでした」

私は笑顔を作り、話を終わらせた。しかし、ほかの話題が浮かばず、内心焦る。どうしようかと視線を泳がせていたら、今度は良知さんから質問が飛んできた。

「まだ数日だけど、なにか不便なこととかは？」

私はニコリと口角を上げて答える。

「いえ、特に。広いお部屋もいただいてとても快適です。実家よりもここからのほうが通勤も楽になりましたし」

「ならよかった。そうだ。俺に気を使って帰りを待たなくてもいいから。ほとんど毎日遅いんだ」

「そんなに毎日遅くまでオフィスに籠《こも》りっぱなしなんですね」

「オフィス外の仕事もよくあるけどな。ま、もうそういう生活は慣れたものだよ」

彼はそう言い終えると食事を進める。

良知さんは将来的に大手商社である天実商事の跡を継ぐ人だ。私の想像を遥かに超えて、すべきことが山ほどあるのだろう。

「わかりました。食事は簡単に温めて食べられるようにしておきます……なにか？」

話している途中から、ジッと見られているのに気づいて臆しながら尋ねた。すると、突拍子もない質問を投げかけられる。

「休日はなにしてる？」

「え？」

「休みの日。趣味とか。って、こういう話は普通見合いの席でしておく会話だったな」

彼は最後のほう、ちょっとばつが悪そうに首の裏に手を置いてつぶやいていた。

確かに良知さんが言う通り、一般的にお見合いのときには『ご趣味は？』的な会話をするイメージがある。だけど私たちはセオリーを無視して、だいぶスピーディーに事を運んだと思う。

「そうかもしれませんね。ええと、私は仕事のない日は主に家で過ごしています。あまり面白味のない答えですね。すみません。良知さんは？」

「俺も同じようなものだよ。唯一、朝は外に出てランニングをするくらい」

「朝？　今の時期なら朝は涼しくて気持ちよさそうですね」

「走ってみる？」

即返された言葉に思わず固まった。まさかそんな返しが来るとは考えもしなくて。

「で、でも絶対に足手まといになるので」

「なんでも初めからできる人間はいないだろ」

良知さんを避けようとしたわけではない。事実、私は昔から運動が苦手なのだ。

彼の言う通り、誰もが初めは初心者。だけど、日頃まったく運動してこなかったのに急に走るのはやっぱり……。

しかし、良知さんは私の心の中を見透かしたかの如く、さらりと提案してくる。

「自信がないならウォーキングでもいいと思うし、定期的な時間の共有はいいと思うんだけど。どう？」

彼はまたもや私の心を読んだように言葉を重ねてきた。

もしや私、考えていることが顔に出てしまっている？　まあそのことは今置いておくとして、ランニングではなくウォーキングと言われたら……断る理由がなくなる。

さらに夫婦としての時間の共有にもなると説明されれば、拒否できるわけがない。

「うーん。ウォーキングならなんとか……なるでしょうか？」

答えは一択なのに、慣れない運動にまだ怖気《おじけ》づいてしまい、歯切れ悪い返答になる。それにもかかわらず、良知さんは嫌な顔や不快そうな表情も見せず、僅かに口の端を上げた。

「じゃ、決まり。さっそく今週末からで」

今週末って土曜日？　だとしたら、あと四日しかない。

数日後の早朝に良知さんと並んで歩く想像を膨らませていくうち、はっとした。

どうしよう。運動できるような服、持っていない気がする。高校卒業以来スポーツとは無縁だし、ウォーキングってどんなものが必要かもいまいちわからない。スポーツショップの店員さんに相談するしかないかな。でも、上から下まで新品のウェアをしっかり揃えたら、ものすごく張り切っていると思われないだろうか。

ひとり、脳内でぐるぐると忙《せわ》しなく考えを巡らせていたら、食事を終えた良知さんに言われる。

「七海、気が進まないなら無理にとは言わない。一方的に悪かっ……」

「ちっ、違うんです！　どんな服装をしたらいいかと考えていて」

言い訳ではなく本当に考えていたことだけど、彼にとっては単に嫌々受け入れているふうに映ったのかもしれない。

もう服装なんて、どうにでもしようと思えばできるよね。今持っている服の中から代用できそうなものを選んで……。着られそうな服といえばストレッチが効いている黒のパンツと、比較的シンプルなデザインの白いTシャツがあったはず。スニーカーも一足だけ持ってるし、それでいい。とにかく、誤解を招くのだけは避けなくちゃ。結婚早々、マイナスな印象を与えるのは今後の生活に影響を及ぼしそうだもの。私は円満な生活を送りたい。

すると、良知さんはあっさり納得してくれる。

「ああ、なるほど。それなら土曜はウォーキングじゃなくて買い物に行こう」

私は嫌々了承したと思われなかったことに胸を撫で下ろした。が、それはそれでまた別の問題が……。

男性と一緒に服を選びに行くだなんて。私にはハードルが高すぎる気がする。

「お気遣いありがとうございます。だけど、せっかくのお休みなのに私に付き合わせるわけにはいきません。ひとりでどうにかしますので」

「俺と出かけるのは嫌？」

「いや、そういう意味では……。私はただ、良知さんにはご自分の時間を優先していただきたくて」

「そう。だったら、一緒に行こう」

言下《げんか》に二度目の誘いを受け、戸惑いを隠せない。彼はさらに私を翻弄する。

「俺のしたいことを優先していいってことだろう？」

私の顔を覗き込んで、どこか得意げな声でそう言ったのだ。

こういうちょっと意地悪なところもあるんだ。なんかだんだん、オフィスでの〝天嶺さん〟感が薄れていく。そのうち同一人物だってことさえ忘れそう。

でも、私を映している淡褐色《たんかっしょく》の瞳は変わらなくて、やっぱり綺麗な虹彩《こうさい》だなあ、なんて見惚《みほ》れてしまう。

そのとき、良知さんが椅子から立ち、お皿やカトラリーを手にしてキッチンへ向かった。私は我に返り、さりげなく彼が視界に入らない方向へ身体を向ける。

心臓が小さく脈打つのを感じていると、背中越しに言われた。

「ちょうど今、商業施設のプロジェクトが進行中だし、なにか仕事に繋がるかもしれない。夫婦で買い物に行くとまた違った見え方があるかも」

彼の補足を聞いて、ようやく腑《ふ》に落ちる。

頑《かたく》なに私と買い物に行きたがっていたのは、仕事のついでだったんだ。理由がわかれば不安もなくなり、きちんと彼のほうを向き普通に接することができる。

「そういうことでしたら……あっ」

その直後、『プロジェクト』という仕事に関するワードによって、近藤さんからもらったカヌレの存在を思い出した。

良知さんは私の声に反応し、キッチンにお皿を下げてすぐこちらに戻ってきた。

「どうした？」

「いえ。あの……食後のデザートはいかがですか？」

急な提案でやっぱり良知さんを驚かせたみたい。彼はきょとんとして固まっている。

「ごめんなさい。良知さんは以前、スイーツは特に好きなわけではないって……」

「自分では買わないだけで、食べられないわけじゃない。七海のぶんはあるのか？」

思わぬ返答に今度はこちらが拍子抜けして静止する。

「え？　は、はい。その……良知さんとご一緒できたらと思っていたので」

「こんな時間だけど平気？　俺は構わないんだけど」

良知さんは時計をチラ見して、私を心配する言葉をかけてくれた。時刻は午後十一時半。指摘された通り、普通はこの時間に甘いものは控えるところだけれど……。

私は一度彼を見上げたあと視線を流しつつ、照れ隠しに軽く握った右手を口に添えて言った。

「今日だけ特別な日ということにします。ただ飲み物は念のためコーヒーではなくハーブティーにしますね」

と、ガタッと椅子を立つや否や、良知さんが私の頬に手の甲を滑らせた。私は突然の出来事に理解が追いつかず、茫然と瞳に彼を映すだけ。

するとこちらを見下ろしていた彼は、ふっと目を細める。

「好きなものを前にすると無防備な顔をする」

やさしい眼差しと、艶っぽい声。ほんの数秒だけ触れられていた頬が熱を帯び、その熱は瞬く間に身体中に回る。

「き、キッチンへ行きますね！」

私は堪らずそそくさとキッチンへ逃げた。

『無防備な顔』ってどんな？　無意識だったから自覚はない。だけど、良知さんだってあんなふうにときどき無防備に笑顔を振りまくんだから。私、まだまだ良知さんへの耐性がつかなそう。

私は騒がしく跳ねる心臓を落ち着けるためにも、お気に入りのハーブティーを用意する。その香りのおかげで、どうにか良知さんの前に戻ることができたのだった。

土曜日。私は今、良知さんの車で都内のスポーツショップに向かっている。

車内では彼との距離が近いせいか、まともに良知さんの顔を見ることができずにいた。基本、横並びに座らないからかもしれない。なんだか妙にドキドキした。

慣れないのは座る位置だけでなく、良知さんの服装もそう。考えたら家具などの買い物のときは終業後でスーツ姿だったし、私服姿をまともに見たことがなかった。

隣で運転する彼は、白のサマーニットに濃紺のテーラードジャケット、チャコールグレーのパンツという綺麗めファッション。ジャケットを着ているとスーツのときと似通った雰囲気にも思えるものの、ところどころに違いを感じる。

ビジネスジャケットと比べ細身のテーラードジャケットだと、ほどよく筋肉がついている腕や引き締まった身体がよりわかるし、ワイシャツとは違いサマーニットから男性らしい鎖骨がチラッと見えてドキッとさせられる。

目のやり場に困っていたとき、ふと気づく。

「そういえば、良知さんって煙草を吸われるのでは?」

オフィスで初めに遭遇したとき、彼は喫煙ルームから出てきたし、スーツから煙草の香りもした。でも、それ以降良知さんからはそういう匂いはしていない気がする。

今乗ってるこの車の中だって……。

「いや。俺は愛煙家じゃない。ああ、オフィスでのことか。あれは上司に付き合って喫煙ルームに入って話をしていただけ」

「そうだったんですね」

私は煙草とは無縁だったから、正直彼も喫煙しない人でほっとした。

それから約二十分。ようやく目的地に到着した。良知さんの少し後ろを歩き店内に入る。店内は奥行きもあってとても広く、お客さんもたくさんいた。

「トレーニングウェアはあっち側だったな」

良知さんがそうつぶやいて先導してくれる。私は歩きながら彼の背中に問いかけた。

「このお店、よく利用されるんですか？」

「まあときどき。ここは3D足型計測器を導入しているから、個人のデータに基づいてシューズを選べるのが利点だな。プロのスポーツ選手も来るらしい」

「へえ。本格的ってことですよね。すごい」

ミリ単位で計測して自分に適したシューズを選ぶとか、そういうサービスだよね。

それはスポーツをやっている人なら魅力的に違いない。

「レディースはこの辺みたいだな」

キョロキョロと見て歩いているうちに、ランニングやトレーニング用の商品のブースに到着する。パッと見だけでその品数に圧倒された。

「なんだかいろいろありすぎて難しそう」

「女性は特に長袖を着ている人が多い印象がある。主に日差しを気にしているらしい。長袖のアンダーウェアはあってもいいかもな。あとは基本的に好きな色や形のもので決めていっていいと思うが」

序盤から苦手意識を出してぼやいてしまった私に、彼は的確なアドバイスをくれる。

「好きな……うーん」

近くにディスプレイされていたマネキンのコーディネートを眺めたのち、いくつか商品を手に取ってみる。

「こういう色は？　七海に似合うと思う。これにレギンスを合わせるとか」

良知さんが示してくれたのは、薄いピンク色のショートパンツ。淡くて綺麗な色で、個人的にとても好きな色合いだった。

ただどれもスタイリッシュで素敵な商品だとは思うものの、シャープな形やスポーツブランドのロゴなどを見ていたら、これを着ている自分が想像できない。カッコよく着こなせる人なら迷うこともないんだろうけれど。

そのあと、遠慮がちに商品を見ていくも、どれを選べばいいのかまったくわからず困っていた。すると、女性のショップ店員さんに声をかけられた。

「なにかお探しですか？」

私と同じくらいの背格好をした店員さんは自然体の笑顔を向けてくれていて、相談しやすい雰囲気だ。

私は手にしていたレギンスパンツを戻しながら答える。

「実は今度ウォーキングを始めようと思っていて……。でも運動自体久々で、イメージが湧きにくいといいますか」

「なるほど。スポーツウェアに抵抗があるようでしたら、機能性は同じでデザインはカジュアルなものもございますよ。たとえば、こちらはいかがですか？」

そういって紹介してくれた商品は、一見普通のスキニーパンツ。

「見た目はカジュアルですが、ちゃんとスポーツウェアとしての性能を備えた吸収速乾性が高いものです。カジュアルなデザインなので手持ちの服でも代用できそう、と思いがちですが、これからどんどん暑くなってきますのでそういった面で、きちんとしたウェアをおすすめします」

「わあ。これなら普段使いしても違和感ないかも」

私は黒のスキニーパンツを受け取って頬を緩ませる。自分の悩みに寄り添ってくれたうえ、的確な商品を提案してもらえてうれしくなった。

「もちろんUVカットもしてくれますよ！　実は私も色違いで持っているんです」

「そうなんですね。ありがとうございます。これを試着してみます」

「ぜひ、どうぞ。もしよければトップスも合わせて試着してみてはいかがですか？　そのほうがよりイメージが湧きやすいですし」

店員さんの提案に乗り、私はそれから目に留まったトップスを選んでフィッティングルームに入った。上下とも試着して、そろりとカーテンを開ける。

店員さんおすすめのスキニーパンツ。そして長袖のアンダーウェアに、さっき良知さんが選んでくれたものと同じ薄ピンク色のTシャツを見つけたのでそれを選んだ。

フィッティングルームから出ると、すぐに声をかけてくれたのは店員さん。

「お客様、お似合いですよ～。でもパンツはもうワンサイズ下げてもいいかもしれませんね。私、持ってきますね」

「すみません」

店員さんが一時いなくなった直後、良知さんの反応を窺う。

「あの、変……じゃないですか？」

彼が首を横に振るのを見て、不安が消えた次の瞬間。

「可愛い。やっぱりそういう色は七海に合う」

予想していなかった言葉に驚き、しどろもどろになる。

「え、そ、そうですか？　あ、ありがとうございます」

あからさまに動揺した私を見て、良知さんも急にぎこちなく視線を泳がした。

「あー、うん。そう思う」

「お待たせしました～。こちらも試着してみてください」

なんだかお互いにぎくしゃくしている間に、さっきの店員さんが戻ってきた。

ほっとしてウェアを受け取る。

「はっ、はい。ありがとうございます」

このなんとも言えない気恥ずかしい空気から逃れられると思った私は、そそくさとフィッティングルームに戻った。


数十分後。無事に商品を購入し、駐車場へ戻る。

今回、スポーツウェア一式の会計を良知さんにしてもらった。

そんなつもりはなかったし、レジに並ぶまでは自分で買う気満々だった。でも、良知さんが『甲斐性《かいしょう》のない夫だと思われるから』と言って、支払いをしてしまったのだ。

そういうものなのかと、その場では咄嗟に良知さんに譲ったものの、やっぱり気が引ける。車に到着した際に、思い切って切り出した。

「良知さん。やっぱり代金をお支払いしたいのですが……」

すると、良知さんがトランクに荷物を積み込みながら、さらりと言う。

「別に気にしなくていい。そもそも七海が俺の趣味に付き合わされてるんだから」

「そっ、そんなふうには思ってないですよ」

慌てて否定すると、良知さんがちらりとこちらを見た。咄嗟に姿勢を正し、まるで上司から指示を受けるような態勢で彼を見上げる。

「明日、楽しみだな」

一瞬柔らかく目を細められ、ドキッとした。ストレートに私と出かけるのを楽しみにされるとなんだか照れてしまう。

ウェアについてはたぶんもうこれ以上なにを言っても聞き入れてもらえなさそう。お金で返そうとしても良知さんは受け取らないだろうし、今回は厚意を受け取るとして、今後の日常生活で感謝の気持ちを込めて返す方向に転換しよう。

「こんなにたくさん買っていただいてすみません」

「いや。それより新しいシューズやウェアは足や袖を通す瞬間が本当楽しみだよな」

「そ、そうですね！」

私は密かに羞恥心《しゅうちしん》を抱きながら、平静を装って答えた。

さっき彼が言った『楽しみだな』という言葉を別の意味で捉えてしまっていた。私と一緒にウォーキングをするのが、だと解釈していた自分が恥ずかしい。良知さんは、新しいシューズを履くのが楽しみだと言っていたのね。

実はさっき購入したのは、私のものだけではなかった。良知さんも新しくシューズを一足選んでいたのだ。それも、私とお揃いのシューズを。

あの女性の店員さんが最後まで接客してくれていたのだけど、シューズを選んでいる際に『ペアでいかがですか？』と勧めてきて、意外にも良知さんが『それもいいな』と受け入れたのだ。

店内で買い物をしていたときの場面を思い出し、赤面していそうなのをどうにかごまかして車に乗り込む。シートベルトを締め、口を開いた。

「とても感じのいい店員さんでしたね。私、スポーツ用ソックスまで気がつきませんでしたし、ありがたかったです」

「確かに見落としがちなものだったな。スポーツを快適に楽しむためには必要だし。サイズが合っていないとずれて足を痛めてしまいやすいから」

「これで心置きなく楽しめそうです。やっぱりお買い物をするときは店員さんに相談するといいですね」

仕事でミステリーショッパーとして調査しているときは、店舗スタッフがきちんとお客様のニーズに合った応対をしているかなどを気にしていた。しかし、今日は慣れないものを買うのにすっかり仕事の経験も忘れ、普通に接客してもらっていた。

だからこそ、改めて餅《もち》は餅屋だということを実感できた気がする。今、自分の満足度がそれを物語っているもの。

「独りよがりな意見を押しつけるのではなく常に目線を客に合わせ、こちらの要望を共有したうえでの提案が素晴らしかった。ああいう姿勢こそが真のコミュニケーションで、満足度の高い接客に繋がる」

無意識に思考が仕事寄りになっていた私と同じく、良知さんもビジネスモードで返してきたから目を丸くした。

「あ。ごめん、つい」

ばつが悪そうに謝る良知さんを見て、首を横に振る。

「私も似たようなことを考えていたんです。目線をクライアントに合わせるって、私たちコンサルも同じですよね」

私が言うと今度は良知さんが目を白黒させた。それから彼は凛とした空気で流暢に話し出す。

「俺はまだこの仕事に関わって数年だけど、もっとも大切にすべきなのはクライアントとの意識共有だと思っている。相手が求めるものを知るほかに、互いに共感できるような関係になるために時間の確保が必須だ」

「やっぱり、どんな仕事も大事なのは相手を知ろうとする気持ちってことですよね」

私の言葉に彼は一度頷く。

「資料や企画書のクオリティを意識するのはいいが、時間をかけるべきなのはそこではなく、相手と向き合う時間を最優先すべきだということを社長——七海のお父さんから学んだよ」

父のことをよく思ってくれているのは、本当にうれしくなる。

お見合いの日もそう。父を理解し、敬《うやま》ってくれている雰囲気を感じた。だからきっと、私は即日プロポーズにもかかわらず首を縦に振ったのだ。

それなのに、今は少し複雑な気持ちも混じっている。

彼は父を慕っているだけであって、私個人に対しては特に思い入れがあるわけではないのだと思うと、虚《むな》しい感情を抱いてしまう。

政略結婚とはそういったもの。ちゃんと理解し、抵抗だってしなかった。ある意味、公私ともにお互いの持っているものを分かち合えるパートナーとなるんだと解釈して、それもまたひとつの幸せの形だと納得していたはずじゃない。

自分の中に現れた不測の感情に必死にふたをして、気のせいだと言い聞かせた。すると、知らぬうちに表情が曇っていたのか、突然良知さんに謝られた。

「休日に話す内容じゃなかった。申し訳ない」

「いいえ。父はこれまで本当にクライアントファーストでやってきたみたいなので、それを支持してくださっていると知り、うれしく思います」

私は慌てて口角を上げて取り繕った。

それから、良知さんがランチに連れて行ってくれた。けれども、その間もずっと胸の奥にある感情を追求しないようにしながら、笑顔を絶やさずやり過ごしていた。

そうこうしているうちに、三週間近くが経った。

明日から三連休。私は任されている仕事を連休明けに持ち越さないため、必死に業務を進めていた。キーボードを指で叩きながら、明日からの休みに思いを馳せる。

良知さんとスポーツショップに買い物へ行った、翌日の日曜日のこと。

私は早起きをして新品のウェアに袖を通し、一緒に初めてウォーキングをした。

どのくらいの距離を歩くんだろうとか、歩いている最中は会話があるだろうかとか、いろいろあった心配は杞憂《きゆう》に終わった。

マンションをスタートしたのち、ほどよいスピードで誘導してくれたからつらくはなかったし、周りの景色からときおり話題を振ったり振られたりと、とても楽しく過ごせたのだった。

あれから私たちは、土日のどちらかは一緒に早朝ウォーキングという生活スタイルになりつつある。私は日に日に彼とのウォーキングが楽しみになり、週末が待ち遠しくなるほどになっていた。元々散歩は好きだけれど、定期的に誰かと歩くのは初めてで、意外にもハマってしまった。

たとえば綺麗な景色に出逢ったときや、素敵なカフェを見つけたとき。ひとりよりも隣に誰かがいてくれたほうが、うれしさや楽しさが倍になる。その瞬間の感情を共有できることが、こんなにも心が浮き立つものかと思うほどの新しい発見だった。

良知さんが提案してくれなければ、この充実した時間を知らないまま過ごしていただろうし、多忙な彼との生活は本当に言葉通りすれ違っていたと思う。

平日はときどき夜に顔を合わせる程度。オフィスでだって、ほぼ姿を見かけない。

週一回の早朝が、私たちがゆっくり向き合える唯一の時間なのだ。

ちなみにウォーキングは一回が三～四十分程度。距離で言うと一キロちょっとで、広い公園を目印にUターンして戻ってくる。その公園にはランニングコースもあり、良知さんはこれまでそのコースを走っていたのだと教えてくれた。

本来なら彼はもっと身体を動かしたいはずなのに、ひとつも不満げな顔も見せず、私のペースに合わせてくれる。だからせめてと、私は運動前に手製の野菜ジュースやフルーツジュースを作ったりした。もちろん、帰宅したあとには朝食を一緒に食べる。朝はパン派の彼に合わせて焼きたてのパンを用意するのも、苦痛どころかすごく楽しい。

そんな時間を重ねていく中で、良知さんについて新たな一面を知ることもできた。

彼は子どもや動物が好きらしく、触れ合い方もすごく上手。たまに小さい子を連れて犬の散歩をしている人と会うけれど、決まって犬にも子どもからも懐かれている。

初めはそれこそオフィスでの冷厳なイメージからかけ離れていて衝撃だったが、今となっては逆に良知さんのオフィス内での印象のほうに違和感を抱き始めていた。

家での生活の仕方も丁寧で気遣いができる人だし、形式上の妻である私のことも尊重してくれる姿勢が、政略結婚にも安心感を与えてくれている。正直言って、こんなに毎日穏やかに過ごせる結婚生活だとは想像していなかった。

だから感謝の意を込めて、私も彼が健やかな気持ちで過ごせるようにできる限りフォローをしていこうと思っている。

恋人として愛されなくても、家族として絆《きずな》を深められるなら、それで十分。私たちなりに日々信頼関係を積み重ねていき、夫婦になっていくのもありよね？

「ふー」

午後からずっとノートパソコンの画面ばかり見ていて目が疲れてきた。ちょうど三時の小休憩の時間だし、一度目を休めよう。

私は席を立ち、二十三階のリフレッシュスペースへ向かう。無料のコーヒーマシンでホットコーヒーを淹《い》れていると足音が近づいてきたのに気づき、後ろを振り返る。

「七海。お疲れ様」

「桜さん！　お疲れ様です。コーヒーですか？　でしたら今ちょうど」

「それは七海のでしょ。私はそのあとでいいから」

淹れていたコーヒーを譲ろうとしたら、あっさりと遠慮されてしまった。でも黙って受け入れるだけにはなれなくて、自分のコーヒーが出来上がったあとに桜さんのぶんのコーヒーをセットした。

「そういえば桜さん、その後どうですか？　その……この前はいろいろあったみたいだったので」

桜さんが仕事関連のストレスを私に吐き出すなんて、今まで一度もなかったから。三週間くらいずっとゆっくり話す機会がなくて、少し気になっていた。

神妙な気持ちで桜さんを見つめると、彼女は目をぱちくりさせる。そして、明るく笑った。

「ああ、そうだったね。余計な心配かけてごめんね。もう大丈夫！　あのあと、向こうがぐうの音も出ないほど完璧なプランニングを提出したから」

桜さんは親指を立てて軽くウインクをして見せた。こういうお茶目な部分もあるけれど、やっぱりカッコよくて憧れの先輩だ。

「そうそう、七海。私ね」

「あ、梶浦さん。ここにいたんだ」

桜さんの話の途中で名前を呼ばれ、顔を向けると近藤さんがいた。

「近藤さん。お疲れ様です。なにか急ぎのご用でしたか？　すみません。席を外してしまって」

すると、近藤さんが少し言いづらそうな雰囲気で声のトーンを落とす。

「急ぎではないんだけど、俺、今日このあと打ち合わせが二件あるから。会ったついでに今いいかな？」

「はい」

なんだか嫌な予感がして気持ちを引き締める。リフレッシュスペースを出る近藤さんを追いかける前に、桜さんに向き直った。

「桜さん、ごめんなさい。話が途中で」

「ううん。気にしないで。また今度ゆっくり話すよ」

桜さんに会釈をして、コーヒーが零れない程度の小走りで近藤さんのあとを追いかける。すでに彼は階段まで足を進めていた。私も急いで階段を上りつつ、踊り場を通過しようとしている近藤さんに話しかける。

「あの、私なにかミスをしてご迷惑を……？」

こんなふうに呼び出されたのは初めてだ。明確な心当たりがないだけに不安で怖い。

すると、近藤さんは一度止まって私が追いつくのを待ってくれた。ようやく追いついたとき言われる。

「そんなに構えなくてもいいよ。でも今後もこの仕事を続けるなら大事なことだと思うから」

構えなくてもいいと言われても、近藤さんの空気からそんなふうに楽観できない。

私は一度唾を飲み込み、覚悟を決めて向き合う。

「君が今週担当したリサーチ業務、資料は綺麗にまとまってた。だけど、あれはたぶん梶浦さんの先入観が反映されてる」

「えっ」

「ヒアリングしながら無意識に、『こう思ってるだろう』とか『そう感じていたらいいな』っていう気持ちが入っちゃってるんだ。この仕事はファクトな情報だけが必要だ。じゃなきゃクライアントも納得しないし、俺たちコンサルの意味がない」

それは飲食店経営者がクライアントで、端的に言えば売り上げ低迷をどうにか挽回《ばんかい》したいといった依頼。そこで、まず実態を調査するために私が都内のチェーン店を回ってお客様目線と従業員目線とでリサーチした。

もちろん、現地に向かうまでにネットで一般的な問題点を洗い出したし、これまでのデータや関連書籍も読み漁《あさ》った。

そういった予備知識が、知らないうちに報告書へ影響を与えていた……？

「知らず知らず希望的観測が入ることは、初めのうちはよくあることだから。意識を変えれば大丈夫だと思うよ」

私の仕事の進め方はセオリー通りで、それ自体は間違ってはいない。従来と同じやり方で私だけがこういう結果になったということは、つまりほかの人は自分の無意識に出そうな感情をコントロールして、目や耳にした事実のみを吸い上げてアプローチの仕方を考えているんだ。指摘されて初めて、プロジェクトをよりよい結果に結びつけるために都合のいい道筋をなぞろうとしていたことに気づいた。

「申し訳ありませんでした」

頭を下げながら、ふいに良知さんの言葉が脳裏を過る。

『相手と向き合う時間を最優先すべきだ』――その言葉が。

「効率が悪いのは承知しています。ですが、今回だけ……どうかもう一度、関連店舗を回る許可をいただけないでしょうか」

下を見たままお願いすると、近藤さんの小さなため息が落ちてきた。祈る気持ちで手元のコーヒーを見つめる。

「わかった。でも、時間がないからって雑な仕事にならないように」

「はい！」

顔を上げると、近藤さんがまたひとつ息を吐いて苦笑した。

オフィスを出た私が外回りを終えて帰社したのは、夜七時頃。

部署に入るなり、先輩社員が私のデスクへ近づいてきた。

「梶浦さん！　よかった～。これ以上遅くなるようなら電話しようと思ってた。今日はもう終わりにして上がっていいから。近藤さんにそう言われてて」

「すみません。ただいま戻りました。あの、せっかくなのでデータをまとめようかと」

「ん～。じゃあ、七時半まででもいい？　近藤さんからもそのくらいの時間を目途に切り上げさせてって指示だったから」

困ったような雰囲気漂う笑顔で対応され、前に偶然立ち聞きしてしまった近藤さんの言葉を思い出す。

『やっぱりちょっと気を使っちゃうのが本音だな』

本当は八時でも九時でも残業する気持ちはある。しかし、私が残業することによって困る人がいるならわがままは言えない。

「わかりました。早めに終わらせます」

それから優先すべき事項だけまとめてデータを保存し、帰り支度を済ませた。周りを見ると、数人の社員が仕事に集中している。

「それじゃあ、お先に失礼します」

私が席を立って仕事の邪魔にならないよう控えめに挨拶をしたら、近くのデスクの先輩社員が会釈で返してくれた。私も同じく会釈をし、ササッと部署を出る。

エレベーターホールに到着し、ボタンを押したとほぼ同時に呼び止められる。

「梶浦さん！」

振り返ると近藤さんがいた。

「近藤さん、お疲れ様です。打ち合わせは終わったんですか？」

「うん。ついさっき」

「そうですか。あの、今日は本当にいろいろとすみません。ありがとうございました」

深々と頭を下げた瞬間、近藤さんが歩み寄り、私の後頭部に手を触れる。

「え……？」

「あ、悪い。これ、髪飾りが取れそうだと思って。ちょっとそのままで」

『そのまま』と言われた私は、軽い前傾姿勢のまま動かずにいた。理由があってのことはわかっていても、急に髪に触れられるとドキッとする。

そこに、エレベーターが到着する音がして反射的に顔を上げた。私の急な動きに近藤さんが驚いて、「わっ」と短く声を漏らす。

「あっ、ごめんなさ……い」

近藤さんの両手はまだ私の後頭部に回されている。私は完全に彼のパーソナルスペースに入っていて、まるでこのあと抱きしめられるような距離感だ。近藤さんの近さに驚きつつ、エレベーターも気になってちらりと見やる。瞬間、心臓が大きく跳ねた。

良知さん……！

エレベーターに乗っていたのは良知さんだった。確かに視線がぶつかった私は、ギクッとして咄嗟に目を逸らしてしまった。

音でエレベーターの扉が閉まったのを感じると、近藤さんが申し訳なさそうに言う。

「あー、ごめん。エレベーター行っちゃった。一回逃すと結構待つよな。っていうか、この体勢じゃ変な誤解させたかな。だけど、さっきの天嶺さんだったし、だったらなにも思ってなさそうか」

軽く笑う近藤さんは、ようやく私の頭から手を離した。そして、「はい」とヘアアクセサリーをこちらに差し出す。私はそれを両手で受け取った。

「お手数おかけしました」

「いや。逆に不慣れで手間取っちゃって悪かったね」

近藤さんは謝りながらエレベーターの下行きのボタンを押してくれた。

「いいえ。落として失《な》くさずに済みました。ありがとうございます」

きっと表向きはちゃんと笑えていると思う。けれども、胸の内はざわめいていた。

自分自身でもよくわからない、言葉で言い表しにくい複雑な感情が確かにある。なぜそういう気持ちになっているかまでは説明できなくとも、きっかけはわかっている。

さっき、良知さんに誤解を招きそうな場面を見られたせい――。

気まずい思いになっているのは私だけで、良知さんはなんとも思っていないのだろう。そう考えれば胸を撫で下ろす場面のはずなのに、どうして胸が鈍く痛むの。

心の中で『平常心』と唱えているとき、目の前から「ふっ」と笑い声が聞こえて顔を上げた。

「髪振り乱してまで……仕事頑張りすぎだ」

普段どちらかというと厳しい近藤さんが相好《そうごう》を崩しているものだから拍子抜けした。

「そんなことありません。皆さんに比べたらまだまだ」

「変なこと聞くけど、なんでそんなにいつも頑張るの？　いや、ほら。もっと楽な仕事だって探せばなくはないだろうし。わざわざコンサルを選ぶのはなんでなんだろうって思って。社長の……父親の命令？」

言いづらそうに聞かれた問いに、すぐ答えはしなかった。

近藤さんがそんな質問をしてきたのは、おそらく私が社長令嬢なのにいばらの道を進んでいる理由が単純に気になったからかもしれない。でも、言葉に棘《とげ》はなかった。

私はまっすぐ近藤さんを見据え、はっきり答える。

「羨ましいと思ったからです。ここの社員の方々を自慢げに話す父が」

本音を口にした直後、エレベーターが再び到着する。今度は誰も乗っていなくて、私はまた良知さんを思い出し、複雑な心境になった。

「それでは。エレベーターが来ましたので、お先に失礼させていただきます」

すべてを笑顔で押し隠し、近藤さんに一礼してエレベーターに乗り込んだ。扉が閉まっていく間も軽く頭を下げ、完全に見えなくなった途端「ふう」と息を吐いていた。

一階のボタンを押し、階数表示を仰ぐ。すると、階下でエレベーターが止まった。

「えっ」

扉が開き、立っていた人物が目に入るなり無意識に声を漏れた。同乗してきたのは、さっき見たはずの良知さんだった。動揺しながらも、どうにかエレベーターのボタン操作をする。彼が乗り込み終えたのを確認して、私は〝閉〟ボタンを押した。

一体どういうこと？　喫煙ルームはこの階にはないし……。経理か総務に用事だったのかな。

「お疲れ様です。一階でいいですか？」

なんとなくまともに顔を見られなくて、視線を落としながら尋ねる。すると、良知さんがおもむろにこちらへ近づいてきたので、びっくりして肩を竦《すく》めた。次の瞬間、手にしていたヘアアクセサリーをスッと奪われる。困惑していると、今度は顔が寄せられていた。

目の前には彼の高い鼻梁《びりょう》、長い睫毛《まつげ》。私は瞬きもできずに硬直し、声も出せない。触れそうで触れない距離感にどぎまぎしているうちに、彼は離れていく。脳内の情報処理が追いつかず、ただ自分の大きな心音を感じて身体が熱くなった。

なに？　今の。どうして急に……。

「これは預からせて」

「え？　あの……なぜですか？」

おずおずと目を向けて尋ねると、彼は表情を崩さず淡々と口を開く。

「次、七海の綺麗な髪にこれが着けられているのを見たら、思い出してしまいそうだから」

「思い出して……って」

それって――。

気持ちが舞い上がって頬が紅潮していくのがわかる。彼の宝石みたいな美しい瞳を見つめながら、自惚《うぬぼ》れた解釈をして言葉を飲み込む。

そのとき、エレベーターが一階に着いた。扉が動く前に、良知さんが私の耳元にささやく。

「今夜は遅くなるから、食事はいらないよ。先に寝てて」

「……わかりました」

平静を装って返したつもりだけど、たぶん今誰かが私を見ていたら、だいぶ動揺しているって気づかれそう。ここはオフィス。どこで誰が見ているかわからないから、平然としてなくちゃならないのに。

私は気を取り直し、〝開〟ボタンを押したまま斜め後ろの良知さんを振り返る。

「降りないんですか？」

彼は私の問いに答えるよりも先に、私が押しているボタンに指を伸ばしてきた。指先に触れられそうになって、咄嗟に手を引っ込める。先に降りていいということかと思って、先にエレベーターを降りた。

「俺は上に戻る。じゃ、帰り道くれぐれも気をつけて」

「えっ、あっ」

しどろもどろになっていると扉は閉まり、エレベーターは上へ移動していった。ぽかんと立ち尽くし、思わず零す。

「なんでまた上に……？」

疑問ばかりが残って、私はすぐには動けなかった。

よくわからないけれど、エレベーターでの二度目の偶然は偶然ではない、とか？どうしてそんな。それにしても……今のすごく距離が近かった。あのとき私は少しも動けなかったけど、向こうがあと数センチでも近づいていたら……。

エレベーターの中で起きたことを思い出し、またもや冷静でいられなくなる。ぎゅっと握った手で胸元を押さえた。

背の高い彼が頭を傾け視界を遮る動作は、どうしてもキスされるような連想をしてしまう。勝手にその先を想像しては頬が火照ってきて、ひとり首を横に振った。

人って驚きすぎると咄嗟に目を閉じるものだと思っていたのに、どうやら閉じられない場合もあるらしいと身をもって知った。

これまでオフィスでは一定の距離を保っていたはずなのに。ううん。そもそも結婚してからは立ち話すらしたことがないのに、急接近されて驚いた。夫婦なんだしある程度のスキンシップは必要と思っての距離感だったんだろうか。

そうはいっても、ここはオフィス。しかも、秘密にするっていう私の提案を了承してくれた。

良知さんが乗ったエレベーターが二十五階に到着したのを確認し、きゅっと口を引き結ぶ。

そうだよ。あの〝天嶺さん〟がオフィス内でそんな私情を出すとは考えにくい。正確に言えば、結婚自体も私情じゃなくてビジネス的なものなんだろうけど。

すべて私の自意識過剰な感想。男性と特別親しくなった経験もない私だから、あんなふうにちょっと距離感が近くなった程度で過剰に反応してしまっているだけ。

深呼吸をして気持ちを整え、エントランスへ足を向ける。

良知さんの言動に深い意味はないと納得したはずなのに、帰宅中はおろかその夜は夢の中まで影響され、私は言葉通りひと晩中彼のことを考えていた。


翌日は祝日で、仕事はお休み。

アラームよりも早く目が覚め、時刻を確認すると午前五時すぎだった。

着替えを済ませてキッチンに入り、ホームベーカリーでパンの下準備を先にする。

そのあとウォーキング前に飲むためのスムージーを作り始める。

昨日、帰り際に良知さんと会ったものの、予定を確認する余裕がなかった。特にメッセージがないってことは、今朝は一緒にウォーキングに行くんだよね……？

果物を洗いながら、頭の中ではエレベーターでのことを回想していた。

昨日の出来事が頭から離れない。思い出すだけでドキドキする。どうしよう。普通にしなきゃならないのに、私平気な顔で過ごせるだろうか。

そこに、ドアが開く音が聞こえてきた。ビクッと肩を揺らし、目を向けると良知さんがいる。

「おはよう」

「お、おはようございます！　今日はお仕事ですか？」

「いや。今日は一日オフにした」

「じゃあ、早めに出ましょうか？　もう朝でもだいぶ暑いですし」

「ああ。そうしよう」

それからまもなくして私たちはマンションを出た。

夏は朝六時でももう気温は二十五度くらいあって、少し運動すればすぐに汗が流れてくる。

これまで汗をかけばメイクは崩れるし匂いも気になって不快感しかないと思っていたが、良知さんにウォーキングに誘われてからというもの、感じ方が変わった。運動で汗をかくのは心身ともに清々《すがすが》しい。ただ今日は、昨日の件を意識してしまって清々しさも忘れている。無言の時間はめずらしくないのにひとりでそわそわし、いつもであれば景色を眺めて楽しむのに今日は良知さんばかり気にしていた。

そのうち中間地点に到着して、木陰にあるベンチで休憩時間になった。

良知さんは毎回ベンチに座らず、立ったまま水分補給をする。彼は水筒から口を離すなり言った。

「今日午後から一緒に出かけようか。予定は空いてる？」

「はい、大丈夫です。もしかして式場が決まったんですか？」

引っ越ししてもうすぐひと月経つし、生活のほうは落ち着いてきたから次はそういう準備をしなければいけない。

式はなるべく控えめな感じにしたいとわがままを言ってしまったが、良知さんもお義父様も幸いさほど式は重要ではなかったようで、私の希望を受け入れてくれた。ただ、お義母《かあ》様は少し不満が残る感じだったようで、代わりに式場やドレスブランドを決めるという話で落ち着いたと良知さんが言っていた。

お義母様には本当に申し訳ないとは思うけれど、私なりに良知さんの立場を守りたくて意志を曲げずに通してしまった。今度、お義母様とゆっくりお話をする機会を作らなくちゃ。

「いや。普通にただ一緒に出かけたいと思って」

妻としての役目を考えていたら、良知さんが予想外の返答をしてきて目を丸くした。

普通に一緒に？　目的もなく？　この間も、一緒に買い物に出かけたのはスポーツウェアを買うという名目があったからで……。

突然の誘いに戸惑うも、瞬時に閃く。

「あっ。あれですよね？　今担当しているプロジェクトのためのリサーチ！　でしたら、もちろん協力させていただきます」

私はベンチから立ち上がり、ペコッと頭を下げた。

きっとそうだ。彼はロジカルな人だから、曖昧な感情で動くことはありえない。スポーツショップへ行ったときもそんなようなことを言っていたし、今回も同様の理由に違いない。

胸の内がすっきりして姿勢を戻すと、良知さんが難しい顔をしている。

「良知さん？　どうかしましたか？」

なにか失礼なことでも口走った？　それとも、急に体調が悪くなったとか……。

原因を頭の中で並べていたら、彼は口元に大きな手を添えて答える。

「んー、七海はちょっと真面目すぎだなと思って」

「え？　そうですか？　すみません」

よくわからないけど、良知さんの浮かない表情はどうやら私が原因だったみたいで慌てて謝る。彼の発言の意味を考えようとしたら、突然犬が吠えかかってきて思考が止まった。

「び、びっくり……」

「ああ。この間も会ったな。覚えていてくれたのか」

私が驚きのあまり身を縮めていると、良知さんが膝を折ってその犬――〝ヴィノ〟の頭を撫でた。

私たちの足元にいるのは、茶色のミニチュアダックスフンドの男の子。水色のタータンチェック柄の服を着て、裾から覗いた尻尾を大きく振っている。

「おはようございます。すみません、うちの子がまた」

リードを持っている女性が申し訳なさそうに頭を下げる。

このヴィノくんとは、私たちが初めて一緒にウォーキングをした日にここで出逢った。そして……。

「あー。くつがいっしょ。なかよし！」

一緒に散歩についてきている五歳の女の子〝詩織《しおり》ちゃん〟。詩織ちゃんもヴィノくんもとても人懐っこい。特に良知さんに好感を持っているみたいだ。

詩織ちゃんは私と良知さんの靴を指さして交互に見ている。すると、良知さんが笑顔で言った。

「そう。よく気づいたな。ああ、詩織ちゃんもヴィノと一緒だ。仲良しだな」

良知さんに赤いチェックのカチューシャを指された詩織ちゃんは、はっとした顔でカチューシャに手を伸ばす。それからヴィノくんの服を見て、満面の笑みになった。

「ほんとだあ！　ねえ、ママ！」

「本当ね。ほら、そろそろ帰ろう。ヴィノがお腹空いたって。詩織もでしょ？」

「うん」

そうして、詩織ちゃんは私たちに手を振ってお母さんとヴィノくんと帰っていった。

私たちはしばらく小さな後ろ姿を目に映して見送る。

「詩織ちゃん、早起きしてヴィノくんのお散歩もして、えらいですね」

「ああ」

言葉は少ないものの良知さんはとても柔和な顔をしていて、私は思わず聞いていた。

「良知さんは子どもが好きなんですか？」

詩織ちゃんがときおりこちらを振り返って小さな手を振るものだから、私たちもそれに応えて手を振る。その手を下ろした直後、良知さんは詩織ちゃんたちを見つめたまま言った。

「まあ……。俺も中身は子どもみたいな部分があるから、関わると楽しいよ」

「良知さんにそんな部分が？」

信じられない。彼のどこに子どもみたいなところがあるの？

目をぱちくりさせて彼を見ていたら、ふいっと身体ごと背かれた。

「さて。俺たちもUターンするか。うかうかしてたらもっと暑くなりそうだ」

良知さんは帽子を被り直し、マンションへと方向転換した。私は彼の後ろをついていく。

「そうですね。あ、じゃあ今日はどこへ行きましょうか。クライアントは商業施設とおっしゃってましたよね」

子どもの話題を出したあとで、なんとなく気まずい気持ちになっていた私は別の話に切り替える。すると、彼は前を向いたままさらりと返してきた。

「指輪を見に行こう」

「え？」

私はまったく予想もしない返答に足を止めてしまう。立ち止まった私に気づいた良知さんは、止まってこちらを振り返り淡々と質問を投げかけてきた。

「好きなブランドは？」

「その、あまりジュエリー系はこだわったことがなくて」

表向きは笑顔でそれなりの返しをしていたが、内心困惑状態。

そうか。結婚したら大抵の夫婦は指輪を用意するものね。結婚式のときにも必要になるし。でも、仕事の延長とはいえ、男性とふたりきりで出かけることにもまだ慣れていないのに、指輪を選びに行くって想像しただけで緊張しちゃう。当然、ショップの店員さんにいろいろ相談しながら選ぶんだろうから。

シミュレーションだけで気恥ずかしさを感じていたら、急に左手を掬《すく》い取られてなにも考えられなくなった。触れている手を避けることも振り払うこともできない。

「なら、俺が知ってる店に行ってみよう。七海に似合いそうなものがあったはず」

口元に薄っすら笑みを浮かべて言われる。

私は重ねられている手も彼の言葉もくすぐったくて、無言で頷くくらいが精いっぱいだった。

一度マンションに戻った私たちは、シャワーを浴びて朝食をとった。

朝食のメニューは良知さんのリクエストを聞いて以降、サンドイッチやトーストという簡単なものが多い。付け合わせのスープやサラダ、フルーツを用意しても三十分もあれば準備はできる。ちなみに今日はＢＬＴサンドと、スクランブルエッグ、オニオンスープ。

焼きたてのパンで作るＢＬＴサンドは、すぐに食べることを前提にしたもので、トーストしたパンの香ばしい香りと、パリッとした食感と中の生地のもちっとした食感とが楽しめる。ポイントは野菜の水分をきっちり切ることと挟み方。

二人分をダイニングテーブルに並べ、良知さんと一緒に食事を始める。私はまずスープを飲んで、良知さんはＢＬＴサンドを手にした。

玉ねぎを飴色になるまで炒めて作るスープは、いつも通りのやさしい味。運動後の温かいスープにほっとしていると、正面の良知さんの様子が少しおかしい気がした。

ＢＬＴサンドをひと口食べただけで、止まってしまっている。それも、怪訝《けげん》そうな面持ちで手の中のＢＬＴサンドをジッと見つめたまま。

「良知さん、もしお口に合わないようでしたら無理しなくても……」

「美味《うま》い。サンドイッチでも出来立てだとこんなに違うんだな。驚いた。これはますます下のカフェから足が遠のきそうだな」

真剣な顔で言うものだから、私は目をぱちくりさせたあとについ笑いが零れた。てっきり美味しくなかったのかと思ってハラハラしてしまった。むしろ逆だったとわかり、ほっとした。

良知さんは再びBLTサンドにかぶりつき、私を見て一笑する。

「梶浦社長があんなに自慢するわけだ」

「大袈裟《おおげさ》です。今はパンを手軽に焼けますから。でも、ありがとうございます。一応メニューによって米粉だったり全粒粉を使用したりとこだわってはいるので」

自分が作った料理を褒められるのは、やっぱりうれしくなる。

「一階のカフェの商品も美味しいんだろうなって思ってますよ。いつもパンとコーヒーのいい香りがするので」

「じゃあ今度一緒に行こう。俺は七海の料理が一番だけどな」

「あ……ありがとうございます」

臆面もなく『一番』などと言われたら、どうやったって意識しちゃう。

それから私たちは朝食をすませ、昼までそれぞれゆっくりして、再びマンションを出た。

まずはお昼ということで、良知さんの提案でランチは私が行きたかったブックカフェへ。そこは絵本に登場するメニューを提供してくれるというお店で、やさしい味のオムライスを食べた。

それから今朝、話していた〝指輪を見に行く〟という目的を遂行するべく、私たちは銀座《ぎんざ》にやってきた。

「まさか、ここ……ですか？」

案内された建物を前に、絶句する。三階まである建物は落ち着いた洋風デザインで、街中でもひと際目立つ。入口横にある店名ロゴを二度見してしまった。

ここは世界的に有名な海外ジュエリーブランドのお店。各国の著名人が婚約や結婚発表の際に、このブランドの指輪を着けているのを見たことがある。それほど高価なジュエリーを扱っている場所だ。

「良知さん。確認なのですが、今日は仕事の一環でこちらを利用するだけですよね？」

わかりきったことでも、ここまでのハイブランドショップを前にしたら確認しなきゃ不安になる。自分がハイクラスのジュエリーを身に着けている想像ができないもの。

ジュエリーショップの外観を眺めたまま、良知さんの返答を待つ。

「いいや？　仕事は一切関係ない。今日は七海に似合う指輪を見に来た」

「えっ。だって今朝……」

「リサーチ云々言っていたのは七海だ。俺はひとこともそんなことは言ってない」

唖然《あぜん》として言葉が出てこない。よくよく回想すると、良知さんは私の発言に対して肯定も否定もしていなかったかも……。

一気に青褪め、ぼそっと返す。

「そんな……だとしたら私、こんなに素晴らしいブランドは似合わない気が」

「そういうとこ」

厳しい目と声に委縮し、咄嗟に首を竦める。

良知さんって、元々こういう冷厳な人だった。一歩オフィスを出れば、そういう雰囲気を感じさせないから忘れていた。

私は上司に注意されるときのような心境で視線を落とす。

「七海は謙虚すぎる。俺が七海に似合いそうなブランドだと誘ったんだから、遠慮せずにいろいろ見てみればいい」

「そう言われましても……」

怖々言葉を返すと、ふいに「ふ」と笑われて顔を上げた。

「本当、仕事以外は欲がないんだな」

どうかしてる。私、この間から良知さんの笑った顔を見るたび、ドキッとして……。オフィスで絶対見せない顔だから？　だけど、良知さんの意外なところを見て驚く気持ちに、別の感情が隠れている気がする。これは……うれしい感情？

自分の心情に寄り添いつつ、彼をジッと見つめる。

もちろん大概の人は冷たくされるより笑ってくれるほうが断然うれしいはず。でも今の私はそれだけではなく、どこか落ち着かないそわそわした感覚が……。

途端に良知さんと目を合わせていられなくなって、軽く俯いた。

「結婚したんだから、もっといろいろ欲しがってもいいのに」

彼がなにげなく発したその言葉が、私の心をかき乱す。

私は別に地位とか財産とか多くを求めてはいない。お見合いの相手も、両親が安心できる人であればこだわりはなかった。

でも、良知さんがふいにやさしく笑いかけてくるから――。

いつもちゃんと私の話を聞いて、寄り添おうとしてくれているのが伝わってくる。

そのたび私は、いつの間にか甘えてしまいそうになる。

「前に知り合いに付き合って来たんだけど、華美すぎない上品な印象のものが多かった。きっと七海も気に入ると思う」

そもそも気に入るとかそういう以前に、ジュエリーショップの中でもトップクラスのハイブランドを前に怯んでいるというか。世界各国の有名人が好むオシャレなブランドのジュエリーを自分が着けるなんて恐れ多い。

良知さんなら誰が見てもカッコいい人だから、どんな指輪でも似合いそうだけど。いろいろと考える傍ら、良知さんがわざわざ提案して連れて来てくれたことを考えると、無下にはできないとも思う。

「エスコートをお願いしても、いいですか？　緊張しすぎて転んでしまいそうです」

精いっぱいの返しだった。

良知さんは目を瞬かせたあと、「ふっ」と笑って右腕を軽く曲げ、こちらに差し出してきた。

「もちろん」

私はそっと彼の腕に左手を添える。

自分から彼に触れるのが初めてのせいか、とてもドキドキする。自分の心音がこんなに大きく聞こえたことなどない。あまりに心臓が跳ね回るものだから、隣の彼にまで伝わってしまうのではないかと心配になるほど。

「じゃあ行こうか」

彼の言葉を合図にショップへ向かう。お店の入口まで歩みを進めれば、ドアマンが一礼して重厚な扉を開けてくれた。良知さんのエスコートでふかふかした絨毯《じゅうたん》に足を踏み入れると、煌《きら》びやかな店内に息を呑んだ。

豪華なシャンデリアがショーケースの中を照らし、整然と並ぶジュエリーは幾多の光を放っている。もはや照明がまぶしいのかショーケースの中がまぶしいのかわからない。

「いらっしゃいませ。ご予約のお名前をお伺《うかが》いいたします」

私が店内に気を取られている間に、黒いスーツ姿の女性が恭《うやうや》しく頭を下げて声をかけてきた。私は店内の装飾だけでなく、彼女の美しいお辞儀にも見入ってしまう。

「天嶺と申します」

「天嶺様。お待ちしておりました。ご案内いたします。どうぞこちらへ」

女性スタッフは上品に口角を上げ、エレベーターまで案内してくれた。その後私たちだけエレベーターで二階まで向かうと、再び同じスタッフが待機していた。

うちのオフィスにあるエレベーターと比べ、扉が閉まる速度や上昇するスピードがゆっくりだったとはいえ、階段で先回りをするのは地味に大変だと思う。ましてパンプスで……。

私が感嘆している横で、良知さんが話を進めていく。

「予約時にお伝えしてはいますが、結婚指輪を探しています。妻の好みを優先して選びたいなと」

「承知いたしました。奥様はお好みのデザインなどございますか？」

「私は……あまり詳しくないんです。でもそうですね。シンプルなものが好きです」

私のたどたどしい答えにもかかわらず、女性スタッフはすぐにいくつもあるショーケースの中から厳選したリングをトレーに乗せて持ってきた。

「では、こういったデザインはいかがでしょう？　形はストレートタイプでとてもシンプルかと思いますが」

紹介してくれた二種類の指輪は、確かに形はシンプル。けれども、どちらも照明をキラキラと反射させていて眩《まばゆ》すぎる。

「これって、全部ダイヤモンドですよね……？」

「はい。フルエタニティです。三百六十度ダイヤが埋め込まれておりますが、ひと粒が小さめなので主張もしすぎず、当店で人気の商品なんですよ」

やっぱり結婚指輪の定番といえばダイヤモンドなのかな。おすすめしてくれた指輪はダイヤモンド自体は大きくないものの、輝きが素晴らしすぎて自分にはもったいない気がする。

「ほかにもこのようなV字デザインで、両サイドにダイヤをあしらっているタイプなどはいかがですか？」

さらに別のトレーで提案された指輪は、それこそ大きなダイヤモンドひと粒と両側にも小ぶりだけど綺麗な光を放つダイヤモンドがあるもの。とてもじゃないけれど、分不相応《ぶんふそうおう》だ。

たとえば桜さんみたいな凛々しい女性なら、存在感のあるジュエリーもさらっと着こなせるのだろう。私はどちらかといえば幼い容姿だし、ピンク色とかを選んでしまうようなタイプだから、あまり背伸びするようなデザインのものは……。

そうかといって、あまり店頭で遠慮しすぎるのもスタッフに申し訳ないかと悩んでいると、良知さんが口を開く。

「どれもそれぞれ目を引くデザインで素敵ですが、妻は今仕事もしているのでもう少し落ち着いたデザインもあれば参考に見せていただきたいのですが」

「お仕事をされているのですね。失礼いたしました。でしたらさらにシンプルなデザインがよろしいでしょうか。向こうのショーケースにいくつかおすすめのものがございますので、お待ちくださいませ」

女性スタッフが一度頭を下げて離れていく。私はショーケースの上に置かれたままのトレーに目を落とし、小さく息をついた。

それにしても、良知さんはやっぱりご実家も立派だし本人もしっかりしている人だから、こういったブランドショップでも堂々とした振る舞いができるのね。私なんか、ときどき父に高級料亭やフレンチには連れて行ってもらっていても、ここまで格調高い雰囲気だと緊張しちゃうし、大人の女性には程遠い。

ショーケースの中で煌めくペアの指輪をぼんやり眺める。すると、ひとつ気になる指輪を見つけて意識が吸い寄せられた。

「お待たせして申し訳ございません。こちらの指輪はいかがでしょうか」

そこに先ほどのスタッフがやってきたので意識を戻す。

私がトレーに乗せられた新たな指輪を視界に入れたとき、隣にいた良知さんがさりげなくスタッフにお願いした。

「すみません。これも出していただけますか？」

「承知いたしました。こちらですね」

『これも』と良知さんが指示をしたものは、今しがた私が見つけた指輪だった。

私は驚いて良知さんを見上げる。彼は私の視線に気がついて微笑《びしょう》を浮かべた。良知さんの反応から察するに、私があの指輪が気になっていたことに気づいていたみたい。

「こちら二種類の材質を組み合わせた少々めずらしいデザインで、主な素材はプラチナとブラウンゴールドでございますね」

指輪のトップ部分に向かってねじれているウェーブデザイン。ねじれの途中でプラチナからブラウンゴールドに変化している。

私はトレー上のその指輪をまじまじと見つめた。二色が対《つい》になっているデザインも素敵だし、なによりもブラウンゴールドの綺麗な色味に心を惹かれる。

この色……良知さんの瞳の色にちょっと似ている。光が当たったときの綺麗な薄茶の瞳に。

「こちらを試着してみても？」

「ええ。もちろんです。わたくしが拝見しましたところ、今お出ししているものは奥様のサイズとぴったりかと思います」

「七海。手貸して」

良知さんに言われるがまま左手を差し出す。スタッフに見守られる中、指輪をはめてもらうのはものすごく照れくさかった。

「素敵……」

宝石はなにもついていなくても、私にとってはこの指輪がどの指輪よりも印象的で輝いて見えた。なにより自分の左手の薬指につけられた指輪に、特別感を抱く。

「気に入った？」

「はい……あっ。いえ、でも」

「それじゃあこれにしよう」

恍惚《こうこつ》としていてうっかり本心で返事をし、慌てて取り繕おうとするも後の祭り。良知さんが次々と話を進めていく。

「そんな。良知さんの好みとか」

「こういうのはインスピレーションで決めるのがいい。俺の好みは七海が選んだものだから問題ない」

ずるい。涼しい顔してさらりと殺し文句を言うのだから。

結局、試着した指輪を購入することになり、彼は刻印のオーダーまでお願いした。

本当に抜かりない人だなと感心していたら、バッグの中のスマートフォンが振動しているのに気づく。ディスプレイを見てみると、《お母さん》と表示されている。

「お義母さん？　なにか急用かもしれないし、出たほうがいい」

隣にいた良知さんはたまたまディスプレイが見えたらしく、そう言ってくれた。

私は「はい」と、エレベーターの前まで戻って小声で応答する。

「もしもし、お母さん？　どうしたの？」

『七海？　元気？』

「うん。変わりないよ」

どうやら特段緊急の用ではない雰囲気に、ほっとする。

『そう。それならよかった。毎日暑いから体調崩してないか心配になって。栄養あるもの食べなさいね。今度良知さんがよければうちにもいらっしゃい』

「大丈夫よ。ありがとう」

『まだ会社では結婚したこと秘密にしているんでしょう？　七海は隠しごととか上手なタイプじゃないからすごく気疲れしてるんじゃない？』

急用ではなかったことに安堵はしたが、今度は母の雑談をどう切り上げるかタイミングを計る羽目になった。

会話している声がフロアまで届いたら良知さんが恥ずかしい思いをするかもと懸念

して、階段の踊り場あたりまで下りながら返事をする。

「そんなことないよ。良知さんとはほとんど顔を合わせないし」

『え？　家でも会わないの？　それじゃあ七海、いつもひとりで時間を持て余してるんじゃない？』

「ううん。家ではちゃんと話とかしてるから！　ごめんね、お母さん。今ちょっと出先なの。今度ゆっくり電話するね」

『あら。そうだったの？　ごめんなさい。じゃあ、またね』

母との通話を終え、スマートフォンを握って階段をまた上る。

私が良知さんの元に戻ったときにはすでに会計などがすんでいて、私たちはスタッフの女性に挨拶をしてお店を出た。

そのあとはウインドウショッピングをし、空が薄暗くなってきた頃にとあるビルに連れられた。最上階まで移動すると、そのフロアはいかにも典雅《てんが》な雰囲気で一瞬身構えたけれど、少し冷静になれば幸い今日の装いはドレスコード的に問題なさそうでほっとする。

それにしても、さっきのジュエリーショップといいこのレストランといい……良知さんがこれまでレベルの高い生活を送っていたのは想像できる。けれどもあまりにエスコートに慣れている気がして、プライベートでも華やかな生活だったのかと考えるとなんとも言えない気持ちになった。

私は良知さんについて店内に入る。

内装は天井や壁などに木の温もりを感じさせつつも、絨毯や照明、椅子などは豪華で品がある。私たちが通された席は個室で、入った瞬間、夜景が目の前に広がった。

こんなに素晴らしい景観と雰囲気で人気がありそうなお店にもかかわらず、すんなり個室に案内されたのは、良知さんが事前に準備をしてくれていたに違いない。

スタッフが引いてくれた椅子に腰をかけ、スマートに対応している良知さんをちらりと見る。

デートらしいデートをしたことがない私にとって、今日一日めまぐるしくて圧倒されっぱなし。早朝のウォーキングはいいとして、一緒にカフェでランチをしたり指輪を見たり、夜景が一望できるレストランで向かい合ってディナーを楽しむなんて。

良知さんがコースをオーダーし、スタッフが一度退室する。

「七海は魚料理が好きだって聞いた。ここの金目鯛《きんめだい》のポワレは気に入ると思うよ」

まるで普通の恋人同士みたいな時間を過ごしている。これらは彼の思いやり……いや。礼儀なのかもしれない。でも。

「良知さん。気を使ってくださるのはありがたいのですが、そこまでしなくても」

私は意を決してそう口にした。

だって、結婚してからずっとよくしてもらってばかりで心苦しい。今はよくても、この先もずっと気を使い続けていたら良知さんの負担になるもの。

「私たちの結婚で良知さんがなにかを得ていたとしても、それは厳密に言えば私が与えたものではありませんから、私になにかを返そうとしなくていいんです。どうか無理な気遣いはなさらないでください……なんて、あんなに高価で素敵な指輪を買っていただく前にお伝えすべきことでしたよね。すみません」

私は申し訳ない気持ちで深々と頭を下げる。

一般的な恋愛よりも、お見合い結婚のほうが簡単だと甘く考えていたみたい。

恋人関係になるまでの複雑な過程を飛ばし、お互いの家庭や経歴をさらけ出したうえで一緒になるのだから、と。

しかし現実は省略できる工程などなく、順序は違えど価値観や情報を交わし合わなければならないと実感した。

「あれは俺があなたに贈りたくてしたことだから。ギブアンドテイクって言葉もあるだろう？　七海がそこまで気にすることではない」

彼はお見合い結婚であり政略結婚にもあたる今回の縁に、上質なものや特別な時間を私に与えることで梶浦家に誠意を尽くそうとしているのだ。

「指輪だって、結局こちらが半ば強引に決めさせたし。だけどああでもしなきゃ、七海は遠慮すると思ったから」

本当に強引だったなら、もっと自分本位に話を進める。私の好みなんかお構いなしに、相応の値段のものを適当に。

彼は私の様子を見て変化を見逃さずに、あの指輪が気に入ったと気づいて即決した。そういうところが、まるで本当に私を想ってくれているみたいで錯覚しそうになる。

「私はただわきまえなければと……」

「七海って、一見おっとりしてか弱そうに見えるけど、実は堅実で根性あるよな」

良知さんには私がそんなふうに映っているの？

なんだか気恥ずかしくなって目を泳がせていると、彼は凛とした声でさらに言う。

「俺の前では控えめにならなくていい。ありのままの七海で」

思わず彼の顔を見る。表情は柔らかなものではなかったけれど、まっすぐな双眼《そうがん》に心を打たれて胸の奥が熱くなる。

そこにノックの音がして、スタッフがアンティパストを運んできてくれた。プレートにはカプレーゼやフリットなどが盛り合わされている。

そのあとも次々と料理が運ばれてきた。芸術品とも呼べる素敵な料理を堪能し、普段からお酒を飲まない私もついワインが進む。もしかすると、ワインが飲みやすいとか料理が美味しいからということだけが理由ではなく、単純に良知さんとの食事が楽しいからなのかもしれない。

ドルチェが運ばれてきた頃にはすでにほろ酔いで、身体がふわふわしている感覚になっていた。それでも私は、レモンフレーバーのグラニータをひと口頬張った。

「たくさん食べてお腹がいっぱいなのに、デザートは食べられちゃうのはなんででしょうね」

私がデザートをもうひと口食べたところで、コーヒーを飲んでいる良知さんが小さく笑った。

「幸せそうな顔してるな」

「はい。美味しいものをいただくと幸せになるのは自然の摂理です」

甘いものにはついつい手が伸びる。そして、いつも堪らず幸せを感じて笑みが零れてしまうのだ。

お酒の力か、私にしてはめずらしく恥ずかしがらずに堂々と返答したと思う。すると、彼が手にしていたカップをソーサーに戻して言った。

「確かに。だけど俺は〝なにを食べるか〟より〝誰と食べるか〟のほうが重要な気がするよ」

そんなふうに語る良知さんは、こちらを見てさらに微笑んだ。

「その幸せそうに綻ばせた顔を見ながらする食事なら、高級イタリアンじゃなくても満たされる」

「な……っ、にを言うんですか、もう」

彼の様子から、至って真面目に発言したのだとわかりどぎまぎする。堪らず視線をグラニータに落とし、しゃくしゃくとスプーンを動かす。

良知さんって、女性に対してこんな歯の浮くようなセリフを言える人だったの？

予想外すぎてびっくりしちゃう。

そーっと顔を上げていき、正面の良知さんを見る。彼は穏やかな雰囲気で、再びコーヒーカップを口に運んでいた。本当、オフィスの『天嶺さん』とは別人すぎる。

私は手にしていたスプーンを置いて、ぽつりと言った。

「天嶺さんは、仕事はできるけどそのぶん厳しくて、怖い人」

個室で静かな音楽が流れているだけの空間だ。当然、良知さんにも聞こえている。

「周りがそう話しているので、私もすっかりそのまま思い込んでいました」

身近な桜さんだけでなく、各部署の社員さんたちが良知さんの噂をするときにはみんなそういう内容を口にしていた。

嫌悪感を抱いていたり苦手だという意味合いでは言ってはいなかったと思う。けれど、やっぱり一線を画す存在で近寄りがたいと感じているはず。それは私も同じだったもの。

「お見合いの直前にオフィスで二度ほど遭遇したときも、良知さんは一貫して雰囲気は変わらなかったので、お見合い相手には一切興味がない方なんだなと」

あのときの私は本当に戸惑っていた。この人がお見合いの相手だなんてって。

「ああ……あれか」

良知さんも覚えてくれてはいるようで、ばつが悪そうに零した。

「そうかと思えば、お見合い当日私の足の痛みに気づいてくださったり、いきなりプロポーズをしたりして……私、ずっと翻弄されっぱなしです」

苦笑交じりに伝えると、良知さんは目を丸くしたのち、小さく笑った。彼が一体どの言葉に反応したのか見当もつかない。

「翻弄ねえ」

え……？　なんだろう。含みのある言い方でハラハラする。

口角は上がっているけど伏し目がちになっているし、見えている表情だけでは彼の心を予測できない。

嘲笑《ちょうしょう》しているのか、あきれているのか……それともなにか不快に思っているのか。

どのみちネガティブな予想しかないから、自然と気持ちが萎《しぼ》んでいく。

突如、彼が片手をトンとテーブルの上に置いた。些細な音にもかかわらず、敏感になってしまって一瞬僅かに身体を震わせる。

「昨日、近藤さんと随分距離が近かった」

ふいに言われ、ぽかんとする。

昨日、近藤さんと……？　ああ！

昨日仕事の帰り際、近藤さんと距離が近かった瞬間を目撃されたことを思い出す。

不貞の誤解を招いたのではと気にしていたけれど、あの直後に良知さんとエレベーターで一緒になって接近された出来事のほうが私にとっては大事件だった。だから、近藤さんとの件はすっかり記憶から薄れていた。

「あれはただ、私のヘアアクセが取れそうだったからで……」

急いであのときの状況を説明した刹那、良知さんが手のひらサイズの箱をテーブルに置いた。目をぱちくりとしてそれを見ると、今日一緒に行ったジュエリーショップのブランドロゴが刻印された箱だった。

「……え？」

箱は明らかに私のほうへ差し出されている。

指輪……？ううん。指輪は後日引き取りになっていたはず。じゃあ、これは？

私は困惑するばかりで、その箱に手を伸ばすことも詳細を尋ねることもできずにいた。すると、良知さんがおもむろに立ち上がる。状況についていけず、私は彼をただ見つめた。

「翻弄してるのは七海も同じだろ」

彼は怒っているというより、ふてくされていると説明するほうがしっくりくる。

新たな顔を見て衝撃を受け、黙って彼を見続けた。良知さんは私と視線がぶつかった瞬間、ふいっと目を逸らして漏らす。

「妻がほかの男に触れられているのを目の当たりにしたら、誰だって面白くはない」

拗《す》ねた横顔に、胸がきゅんと鳴る。初めての感覚に驚くよりも、照れくささが勝っていて彼を見られなくなった。

「気に入ってくれるか不安だけど」

箱を開ける音がする。彼の手元に意識を向けたら、箱の中身は太めのグログランリボンと、ゴールドのメタルプレートでデザインされたバレッタだった。

リボンの色は淡い桜色。スポーツショップでも見繕ってくれた色で、私の好きな色。

これって、もしかしてジュエリーショップで私が電話で席を外したときに――。

「よければ着けたところ見たい。いい？」

信じられないサプライズにびっくりし、胸が高鳴っていく。

「は、はい。ちょっと待ってください。今、着けているのを外しますので」

「俺がやるよ」

良知さんは私の後ろに回り、ハーフアップ部分に着けていたヘアクリップにそっと触れる。私はすごく緊張して、自分の手だけを見つめてジッと固まっていた。

髪に少し触れられるだけ。視界には良知さんの姿は入らないし、時間のかかることでもない。なのに、ものすごくドキドキしてしまう。昨日近藤さんに同じことをされても、ここまで緊張はしなかった。

気にしすぎないようにしようと思っているのに、彼の指の動きひとつひとつに敏感になる。ヘアクリップを外され、プレゼントしてくれたバレッタを装着する際に束ねている髪を軽くつままれただけでこそばゆく感じ、危うく声を漏らすかと思った。

「あなたはまっすぐなところが魅力ではあるけど、もう少し周囲を見て。自分で思うよりも周りの評価はいいはずだ」

「そんな。あの日も私、仕事をちゃんとできていなくて」

「評価は結果だけの話じゃない。人柄も含まれる。好感を持たれやすいのはいいことだが……度を越されると困る」

パチンと留め具の音がして、良知さんの手が離れていく。ゆっくり彼のほうを振り返ると、情愛の籠ったような瞳をしていて目が離せなくなった。

「これも返すよ。大人げなく悪かった」

良知さんがスーツのポケットから出したのは、昨日私が仕事に着けていったヘアアクセサリー。私はそれをおずおずと受け取った。

「ああ、デザートが溶けちゃったか。ごめん」

「あっ。いえ。私が早く食べてしまわなかったから」

私は再びスプーンを手にして、激しい鼓動をごまかすように残りのグラニータを急いで食べた。

残り二日の休日、良知さんは仕事で出かけていた。私はほっとするような、ちょっぴり寂しいような心境を抱えて過ごしていた。

そして、週明け月曜日の朝。

私はドレッサーに座って引き出しを開ける。

良知さんからプレゼントしてもらったバレッタ……。どうしよう。着けたほうがいいかな。個人的にとても好みだし、色もデザインも仕事に着けていっても支障なさそうなのだけど。

手のひらの上のバレッタを見つめる。

きっと良知さんのことだから、そういう面も念頭において選んでくれたのだと思う。

それにしても、あの日私はジュエリーショップでちょっと席を外しただけなのに、こうもスマートにプレゼントを用意されるとは。仕事以外も完璧なんてずるい。

そんなことを思いながら鏡を見て、思い切ってバレッタを髪に飾り、私は出社した。


いつも通り業務と向き合い、お昼になってからパウダールームへ向かう。メイクを軽く直したあと、三面鏡越しにバレッタを見ながら触れてみた。

今日は仕事中、ふとした瞬間に後頭部のこのバレッタを思い出しては良知さんが頭に浮かんだ。

『妻がほかの男に触れられているのを目の当たりにしたら、誰だって面白くはない』

あのときのセリフを反芻すると、なんとも言えないこそばゆい気持ちになる。

はたと鏡の中の自分を見たら、表情が緩んでいて慌てて引き締めた。

彼に対するこの淡い感情は、きっと悪いことではない。始まり方はどうであっても、夫婦関係が良好になるのは私たち本人だけでなく、両家ともに喜ばしい話だもの。

少々浮かれた気持ちでパウダールームを出ると、前方に桜さんの後ろ姿を見つけた。

なにやら資料を抱え、テンポよく歩みを進めている。

私は小走りで追いかけて声をかけた。

「桜さん、お疲れ様です」

桜さんは振り返って私を見ると、パッと笑顔を咲かせた。

「七海！　お疲れ様！」

「なんだかお忙しそうですね」

私は桜さんの手にある資料の束に視線を向けて言った。しかし、彼女は疲れ顔など見せずに白い歯を覗かせる。

「ちょっとね。新しいプロジェクトにアサインされて。でもちゃんと今休憩してるよ」

「そうなんですね。忙しいときほど休憩は大事ですから休めるときは休んでくださいね。それにしても、仕事が増えたのになんだか楽しそう」

仕事に精を出しているのは日頃から。でも今日はまたいつにも増してやる気に漲《みなぎ》っている気がした。

「わかる？」

「はい。生き生きしてる感じがします。そういえばこの間はお話の途中ですみませんでした」

「ああ、いいのよ。そっちこそ大丈夫だった？」

「はい。近藤さんのご指導でなんとか。それで、桜さんのお話っていうのは？」

私は廊下を桜さんと並んで歩きながら尋ねた。

「それね。さっきの話に繋がるんだけど、実はアサインされたのって天嶺さんが一緒のプロジェクトなの。念願の天嶺さんとよ。武者震いする～」

「えっ」

良知さんが話題に上るとは思わなかったから、咄嗟に声を出してしまった。幸い桜さんは特になにも気にしていない様子で話を続ける。

「まだ始まったばかりだけど、想像通りすごく刺激もらって勉強になる」

数カ月前までの私なら、目を輝かせる桜さんを見てともに無邪気に喜んでいたと思う。しかし今は、隠しごとをしている罪悪感で心からお祝いできない。せっかく桜さんがうれしそうに報告してくれているのに。

「天嶺さんは将来、天実商事の跡を継ぐじゃない。そういう世襲制っていうの？　私、初めは心のどこかで『どうせ大した努力もしないで親の跡を継ぐんでしょ』って穿《うが》った目で見ちゃってた節があって」

桜さんは苦笑いを浮かべて言うと、さらに続ける。

「でも彼の社内での評価を聞いて興味が湧いて。今回近くで仕事をするようになって、やっぱり最初に思ってた私の感想は偏見だったって改めて反省したのよね」

懸命に口角を上げていても、雑念のせいで話に集中しきれずそわそわする。しかも、桜さんが良知さんについていろいろ話してくれるのを素直に聞けない自分がいる。胸の奥がざわつくのを感じつつ、必死に平静を装って相槌をうつ。自分の感情の大きな変化に戸惑っていると、桜さんがにっこりと笑った。

「彼、噂に違わず厳しいけど、自分の考えを押し通すわけじゃなくて、ちゃんとこっちの意見を最後まで聞いてからディベートしたりするところが好感持てるなあって」

桜さんがこんなふうに特定の誰かへの好意を話すなんてこれまでなかった。それが良知さんなのは、普通うれしく思う場面なのに。

「へ……え」

どうしよう。私、ちゃんと笑えていないかもしれない。

こんな半端な反応をしたいわけじゃない。これじゃ、桜さんに失礼だ。だけど、うまくいかない。内心穏やかではいられなくて、笑い方がわからなくなってる。

私の事情など知らない桜さんは、くすくすと思い出し笑いをして耳打ちする。

「それにね。プロジェクトチームが一緒になって初めて知ったの。天嶺さんって、ああ見えてスマホのゲームアプリとか好きらしいよ～。意外じゃない？　そんなギャップも、あの容姿だと魅力になるからずるいよね」

まだ私が知らない良知さんの情報を第三者《桜さん》から聞き、得も言われぬ思いを抱く。

彼のことを一番知っているのは自分だと無意識に高《たか》を括っていた。自分は良知さんの妻で、私たちは夫婦なのだからと。だからこうして大きなショックを受けてるんだ。

実際はお互いの人となりを知る前に婚約し、入籍をしたお見合い結婚。それも、政略的要素を含んでいるもの。いわゆる〝恋愛結婚〟じゃないから、私が彼について知らない部分がたくさんあって当然。私自身、そういう関係だと割り切って、理解だってしていたはずなのになぜこうも動揺しているの。

自問自答をしていくうち、〝独占欲〟という言葉が今の気持ちに当てはまると気がついた。

「あ。七海もやっぱり信じられないって思った？　だよねえ。わかるわ」

桜さんに悪気はない。彼女の私への態度はいつも通り。これは私が勝手にモヤモヤして……私の問題だ。

負の感情をどうにかして抑えなきゃ、と気持ちを切り替えようとした矢先。

「私、やっぱり天嶺さん好きだな」

桜さんの発言に大きな動揺を受け、いよいよ平静を保つ術《すべ》がわからなくなる。

彼女の『好き』がどの部類かはわからない。上司として、人としてという意味で捉えることだってできるのに、恋愛感情の可能性を考えてしまう。途端に桜さんを差し置いて自分の感情を優先していた。

私たちの婚姻関係についてオフィス内では内密に、と自分からお願いしておいて、良知さんの周囲にいる女性に妬《や》くなんて言語道断。こんな子ども染みた独占欲は不要だと、良知さんだって思うに決まっている。

なのに溢れる感情を理性でコントロールできず、ますます焦燥感に駆られた。

「七海？」

桜さんが不思議そうに声をかけてきた。彼女のやさしい声を聞き、もう心の中に留めておけなくなる。というよりも、不安な気持ちに押しつぶされそうで耐え切れなくなった。

私はピタリと足を止めて切り出す。

「桜さん、私……ずっと隠していたことが」

「え？　なに？　改まられると怖いんだけど」

桜さんは笑いながらも、言葉通りどこか構えている雰囲気だった。

私も彼女の心境と一緒。真実を伝えるのが怖い。

「先月……私、天嶺さんと結婚しました。今まで言わなくてすみません」

深く頭を下げると同時に、心の中で良知さんに謝罪を繰り返しながら懺悔《ざんげ》する。

私が桜さんの立場だったら、言えない事情があったとしても、あとから知らされたらちょっぴり寂しく思う気がする。もちろん、それで距離を置くとか嫌いになるわけではないけれど。

ぐるぐると考えを巡らせている間、桜さんからの反応がなくて下げた頭を元に戻せない。沈黙が苦しくて、ぎゅっと手を握った。

「は……？　嘘でしょ？」

ぽつりと零れた桜さんの声が耳に届いた。その声から顔を見ずとも困惑しているのが伝わってくる。おずおずと視線を上げていくと、瞳を揺らし、続ける言葉を探しているみたいだった。これまで見たことのない表情に胸が苦しい。

そんな反応を見てこちらから声をかけたいと思うも、なにも浮かばない。

「どういうことなの？」

結局桜さんが先に口を開いた。私の心臓は大きく跳ね上がり、ドクドクと忙しなく激しい音を刻む。桜さんの突き刺さるような視線が痛い。

ぎゅっと瞼を瞑《つむ》って手を握りしめた瞬間――。

「いつから？　信じられない！　七海が⁉」

目の前の桜さんは、瞳をキラキラさせて私に顔を寄せていた。

「しかも相手が天嶺さ……っ」

「わ！　わ！」

私は慌てふためいて咄嗟に言葉にならず、手をバタバタ動かし、ジェスチャーで桜さんを制止した。肩を窄め、最後には人差し指を口元に添える。

「……あ。ごめん。秘密ってことか」

私の反応を受け、桜さんは周りをキョロキョロ見回す。幸いあたりには人がいなくてふたりしてほっと胸を撫で下ろした。

「ごめんなさい。いろいろあって……」

本当なら、頃合いを見て計画的にきちんと伝えたいと思っていた。衝動的に告白してしまったがゆえに、話す順序や内容を整理できていない。

「もうっ。そのいろいろを聞きたいっていうのに、こんなタイミングで言うなんて」

「す、すみません」

桜さんに口を尖らせて指摘されて、勢い任せに暴露したことを反省した。

しゅんとして肩を落としていると、クスッと笑われる。

「だけどありがとう。話してくれて」

やさしい笑顔で言われ、胸の奥から熱いものが込み上げる。私は唇を引き結んで首を横に振った。

「それにしても、よかったの？　私に言っちゃって。それ、トップシークレットなんでしょ。相手が相手だし」

「う……そうなんですけど……」

ずいと鼻先を寄せながら指摘されてたじろいでいたら、桜さんはピンと閃いたらしくにんまり顔で言う。

「あ〜。私が天嶺さんと同じチームになったから？　でもだったら余計に秘密にしておきたいんじゃない？　理由はまだ聞いてないからわからないけど、〝彼〟もその秘密を知っている私と一緒じゃ働きづらくなるだろうし」

桜さんは私と良知さんの関係を伏せておきたいのを察し、あえて『天嶺さん』という名前を出さずに話をしてくれる。さすが社内で『着眼点が鋭い』と評判の先輩だ。周囲をよく見て、人の考えていることや物事の本質をすぐに感じ取る才能は私も見習わなければ。

徐々に気持ちが落ち着いてきた私は、冷静になってぽつりと返す。

「実は勢いで……私の独断で話してしまったんです」

きっかけは桜さんの指摘通り、彼女が良知さんとプロジェクトをともにすると知ったから。しかし、本当の理由は別にある。

私は頬が火照るのを感じながら、上目で桜さんを見てつぶやいた。

「申し訳ないうえに、とても恥ずかしいのですが。や……やきもちを妬いてしまったみたいです」

改めて人に説明すると、相当恥ずかしい。穴があったら即座に入りたいほど。

自分の顔が真っ赤になっているのが感覚的にわかる。居た堪れなくて視線を逸らしたら、桜さんの笑いを含んだ声が聞こえてきた。

「へ～。浮いた話のひとつもなかった七海がねえ～」

明らかに揶揄《やゆ》する声音で、ますます羞恥心に駆られる。

「さ、桜さんが素敵な女性すぎて……」

そう答えたものの一度背けた顔は中々元に戻せず、ずっと下を向いていた。

すると、桜さんがふわっと私の頭に手を置き、やさしく撫でる。

「いいじゃない。やきもち。可愛いよ」

瞬間、ぶわっと全身が熱くなった。恥ずかしすぎて涙目になるのを隠すように顔を両手で覆う。

「桜さん……本当カッコよすぎます」

胸がドクドク鳴っているのは桜さんの言動のせいもあるけれど、それだけではない。

今回のことをきっかけに、はっきりわかってしまった。

私、良知さんに恋をしてる。

3. 恋するふたり

あれから数日。

私は特に代わり映えのない結婚生活を送っている。いや。私の胸の内は変化しているものの、良知さんは変わりなしといった感じだ。

桜さんに正直に話したときに、私も自分の気持ちを素直に認めた。

経験値の低い私にとっては、自分の恋心を認められただけで進歩。とはいえ、ここから先、具体的になにをしてどこを目標にしたらいいのかわからずにいた。

一般的な恋は、好きだと自覚したら相手に振り向いてほしいと考えるはず。

それで、勇気を出して気持ちを伝え、晴れて恋人同士になれたなら、今度は自然とその先に結婚の文字が浮かんできて……。その流れがひとつのベースとすると、私はもう意中の人と結婚している。だけど、気持ちはまだ伝えていない。

恋人ではないけど夫婦ではあるって、冷静に考えたらかなり特殊な関係のような気がしてきた。そうして隙あらば無意識に良知さんのことを考えるものだから、オフィスで彼を見かけ、それがどんなに遠くからであってもすぐさま視界から外して物理的に見えないようにしていた。周りの社員の会話で良知さんの話題が出たなら、心を無にして仕事に打ち込む。日々そんな感じで過ごしている。

人生では、実際に経験して初めてわかることがほとんどだと思う。

私にとって今の状況はまさにそうで、恋をすると四六時中その人を思い浮かべてしまうのだと身をもって実感しているところ。

気づけば週末を迎えるも、良知さんは土曜日も仕事だと言って朝食後に出かけていった。それでも、早朝のウォーキングは一緒にしてくれたのはすごくうれしくて、今朝はずっと彼の前で顔がにやけるのを必死で堪えていた。

ひとりきりになった私は、午前中は掃除などをして午後からはゆっくりと過ごすことにした。仕事に活かせそうなビジネス書を読んだあと、趣味の雑誌を眺めたりした。

夕刻になり、スマートフォンのメッセージ着信音が鳴った。なにげなく手を伸ばし確認すると、ロック画面に《天嶺良知》と表示されていて慌てて内容を確認する。

《今朝は慌ただしく出てごめん。夜は早く戻るから一緒に夕飯を食べたい》

〝食べよう〟ではなく〝食べたい〟っていうのが、ちょっとしたニュアンスの違いなんだけど頬が緩む。この言い回しだと、彼もそれを望んでくれていると感じるから。

《わかりました。難しい料理は作れませんが、なにかリクエストはありますか？》

熱中して読んでいた雑誌の記事もそっちのけで、スマートフォンのディスプレイに集中する。私が返信してすぐ、彼から次のメッセージが送られてきた。

《七海の好きなものを》

その一文を瞳に映し、しばらく静止した。

この一カ月で、少しは良知さんについて知ることができたと思っている。

彼は決して考えて答えるのが面倒でこういう返答をしてきたわけではない。たぶん、私を気遣って回答してくれたのだろう。だけど、それがいつまでも距離が縮まらない原因な気もする。

私は意を決してディスプレイに指を滑らせ、メッセージを作成した。

《でも、休日返上してお仕事をされている良知さんを優先して、今夜は良知さんの好きなものを作りたいです》

面倒くさい返事と思われたかな。黙って言われた通り、求められている通りの反応をすればよかったのかも。

彼からの次の返信内容がどう来るか読めなくてそわそわしていたら、スマートフォンから音が鳴り始め、電話の着信画面に切り替わった。

大きく驚くのも束の間、着信音に急《せ》かされるように応答ボタンに触れた。

「も、もしもし？」

『あんまり可愛いこと言うから電話をしてしまった』

「え……？」

開口一番に『可愛い』と言われると思っていないため、頭も心もついていかない。

動揺するばかりで言葉をなにも発せずにいたら、良知さんが続ける。

『というのと、うまく伝わってない気がしたから。リクエスト、なんでもいいって気持ちで言ったわけじゃない。七海の好きなものを知りたいし食べてみたいと思ってお願いした』

「そ、それでわざわざ電話を？」

『文面より声のほうが伝わりやすいし。七海に誤解させるのは嫌だと思って』

電話口で聞こえる彼の言いぶんに、思わず笑ってしまった。

「ふふっ。この前、私のことを真面目だって言っていましたが、良知さんも十分真面目ですよ」

『そう？　じゃあ俺たちは似たもの夫婦なわけだ』

さりげなく返されたセリフに固まった。『似たもの夫婦』にじわじわと喜びが込み上げてくる。

『七時までには帰るよ』と告げられて、通話を終えてからも胸の高鳴りはすぐには止まなかった。ロック画面に戻ったスマートフォンに目を落とす。

良知さんの日頃の言動から、私は嫌われてはいないと思う。だけど、特別好いてくれているかどうかはいまいちわからない。

女性が喜ぶ言葉やプレゼントを贈るのは、男性にとってなんでもないことだったりする？　特別な感情を持っていなくても、そういうふうにできるものだろうか。

自分の中のデータが皆無で、捻った首を戻せない。

眉間に皺を寄せて考え込んでも、答えが浮かんでくるはずもなく。私は自分の経験のなさや、これまで周囲の恋愛沙汰に興味を持ってこなかったことを反省する。

今の仕事は、個人的な興味のあるなしにかかわらず、どんなことにもアンテナを張り情報を収集する――そういう努力を普段からしなければならない。じゃないと、変革したいと依頼してくるクライアントに実のあるアドバイスなどできるはずがない。

なにごとも日頃の積み重ね。日々の努力が力となり財産になるのだ。いつどんな事態になっても解決策を出せるように。……なんて、それは理想ではあるけれど。

「免疫がないって厄介ね……」

ベッドに横たわり、つい苦笑交じりに漏らす。その直後、身体を起こしてバタバタと夕食の買い物に出かけた。

七時になる頃、玄関が解錠される気配がして手を止める。廊下に出ようかと歩き始めたときに、リビングのドアが開いた。

「ただいま」

「おかえりなさい。お疲れ様でした」

「これお土産に買ってきた。食後のデザートにどうかと思って」

良知さんはそう言って紙袋を差し出した。

「えっ。それはわざわざ……あ！　ここって、人気のケーキ屋さんじゃないですか！」

両手で受け取った紙袋には、『百瀬《ももせ》』と記載されている。ここ数年、雑誌やネットで話題になっている老舗《しにせ》店に思わずテンションが上がった。

「さすが詳しい。たまたま近くを通りかかったから」

「ありがとうございます。わあ～。楽しみ」

嬉々《きき》として紙袋から箱を取り出し、保冷剤が添えられているのを見て冷蔵物だと確認する。冷蔵庫にしまおうと扉に手をかけたとき、ふと思い出した。

「あれ？　でも確か良知さんは甘いも、の……」

振り返るや否や、間近に良知さんがいて言葉を止めてしまった。

「これ、着けてくれてるんだ」

彼はほんの僅かに口の端を上げて、私の髪に触れる。

正確に言うと触れたのは髪ではなく、プレゼントしてくれたバレッタなんだろう。

けれど、心の準備もしないうちに至近距離に立たれたら、触れられているのがバレッタだろうが髪だろうが関係なしに反応してしまう。彼のなにげない指先の動きに敏感になり、こんなに容易に気持ちが高揚する自分に戸惑った。私は手に持っている箱を落とさないようにするのに必死。

〝このバレッタを着ければ、彼が気づいたときにはなにかひと声かけてくれるかもしれない〟――私の下心はそんな単純なもの。

まさか両手を伸ばせば捕まるくらいの距離で、直接触れられるとは思わなかった。

「はい。とても気に入っています」

私はどうにか動揺を悟られないように笑顔でやり過ごす。すると良知さんが私を見つめ、ふわりと微笑んだ。

まるで私が甘いものを食べているときみたいに、うれしそうに。

次の瞬間、貴重な彼の柔らかな表情にもかかわらず直視できなくなり、無意識に身体ごと背けていた。全力疾走並みの自分の心拍数に圧倒され、冷静でいられない。

故意に良知さんを避けたと気づかれないために、百瀬の箱を冷蔵庫にしまう流れで視線を外したように見せかけた。事情はどうあれ、良知さんから逃れるような動きをした自分に罪悪感を抱き、別の話題を投げかける。

「あの。夕食の準備は整ってますが、お風呂と食事はどちらを先にしましょうか」

「先に食事にしよう。七海もお腹空いてるだろうし」

「私のことは」

「早く食べたい」

彼は私の耳の上で、そうささやいた。

飛び跳ねそうになるほど驚いたけれど、どうにか堪えてさらりと返す。

「っ……わかりました。ではすぐに用意をしますね」

「俺も手伝う。料理は向いてないけど、皿を出したり並べたりするくらいならできる」

良知さんはキッチンから出てスーツの上着をダイニングチェアにかけると、ワイシャツの袖を腕まくりしながら再びキッチンへ戻ってくる。丁寧に手を洗う姿が可愛らしく思えて、クスリとしてしまった。

「それでは、お皿に盛りつけるのでテーブルまで運んでいただけますか？」

「オーケー」

ちょっとした作業も、ひとりでやるよりもふたりでしたほうが断然早い。あっという間に食事の準備が終わり、私たちはダイニングテーブルに向かい合って腰を下ろす。

良知さんは改めてテーブルの上を眺め、感心するように言った。

「七海の用意してくれる食事は品数が多いよな」

「そうなんでしょうか？　母はいつもこのくらい作ってくれていたので……。あと、私自身一品の量が多くなくてもいいから、いろいろ選べたらうれしいと思うほうで」

私が答えると、良知さんは言葉こそなにも発しないものの、とてもやさしい眼差《まなざ》しを見せていて、思わずどぎまぎする。

そういう表情は、オフィスでは絶対に見せない。誰も知らない特別な表情を今、自分が独り占めしているって思っただけで、ドキドキしすぎて困っちゃう。

「す、好きなものって急に言われると浮かばないものですね。結構悩みましたよ」

ダイニングテーブルには、鯵《あじ》の南蛮漬け、じゃが芋と海老《えび》とアスパラガスの炒め物、グリーンサラダ、豆腐とわかめのお味噌汁。それと、作り置きしていた切り干し大根。

鯵はスーパーマーケットで美味しそうだったので買ってきた。どのメニューも母が作ってくれたことがあるもの。

「考えたら、いくら料理が好きって言っても毎日作るの大変だよな。つい好奇心を優先してしまった。ごめん」

「キッチンに立つのは苦じゃないんです。気にしないでください。ほら、ここに越してきてお部屋もひとついただいてしまいましたし、もらうばかりでは申し訳ないので」

「わかったよ。それで七海の気が済むなら」

そうして、私たちはどちらからともなく手を合わせて「いただきます」と食事を始めた。良知さんは、初めに鯵の南蛮漬けへ箸を伸ばす。

「うん。美味しい」

彼の第一声に安堵して、私も箸を手に取った。

「よかったです。私、南蛮漬けが好きなんです。サッパリしていて。あとオーソドックスですけど、お豆腐のお味噌汁も」

すると、良知さんは次にお椀を持って口元に運んだ。

「これも美味い。七海は絹豆腐派だよな」

「あ。木綿のほうがお好きでしたか？　すみません。確認すればよかったですね」

「いや。俺も絹のほうが好き。だけど昔、実家で暮らしていたときは父親が木綿好きだったから、食卓に出てくるのはもっぱら木綿豆腐の味噌汁だった」

ちょっと不服そうにぼやく姿に、思わずクスッと笑いが零れる。

「そうなんですか」

「そう。だから、好みが七海も同じだってわかってうれしい。この先もふたりでやっていくわけだし、やっぱり共通するものを増やしていけたらいいよな」

瞼を伏せて穏やかにそう話した良知さんは、もう一度お味噌汁を口に含んだ。私はなにげなく発せられた言葉に引っかかりを覚える。

この先もふたり……。

別に良知さんは深い意味で言ったことではない。だけど、変に考えすぎる私は、違う捉え方をしてしまった。

常々思っていた。良知さんは私との結婚をあっさり決めたけれど、私とはどういう関係を築くつもりでいたのだろう。

今、向かい合って和やかに食事をしている彼を見れば、円満で良好な関係を作ろうと努力をしてくれていると思う。しかし、結婚すれば次に考えるのは大抵子どもについてのはず。まして良知さんのほうの家業はうちと比べて大規模で、しかも代々受け継いでいるのなら跡取りは重要になってくる。

そのあとも私は心の隅にずっと引っかかりを感じたまま夕食を終えて、良知さんをお風呂へ促した。

彼がバスルームへ行っている間も、キッチンの掃除をしながらぼんやり考える。

いわゆる政略結婚は、家同士の繋がりを深めるだけでなく、子どもをもうけることも目的に含まれている。

結婚した今、具体的に想像をしてこんなにも戸惑う。

子どもを授かるには……順を踏まなければならない。そんなの、私……。

「七海？」

「よっ、良知さん！　も、もう戻られたんですね」

振り向けば頬が薄っすら朱に染まった良知さんが立っている。

いつの間にキッチンに？　気づかなかったから、ものすごくびっくりした。

彼はまだ若干水滴が滴《したた》っている髪をタオルで拭きながら、さらに近づいてきた。私は布巾を握りしめ、必死に動揺を落ち着ける。

「なんか困った顔してたように見えたけど」

「えっと、食後のスイーツに紅茶かコーヒーか迷っていて、それでかもしれません」

私にしては機転の利いた返しをしたと思い、胸を撫で下ろす。

「ああ。フォンダンショコラを買ってきた。店の人はコーヒーが合うと言っていたが。俺は夜にコーヒーを飲んでも平気だけど七海は？　眠れなくなったりしない？」

「フォンダンショコラ！　わあ、楽しみ。コーヒーですが、私もたぶん大丈夫です」

中身を聞いてうきうきしていると、良知さんが濡れた前髪の間からあの綺麗な目を覗かせ、意味深な微笑を浮かべる。

「そう。もし眠れなくなったら俺のところにおいで」

「えっ……」

「ちゃんと眠くなるまで話し相手になるから」

一瞬思考が止まった。

さっき変なことを考えていたから、今の良知さんの厚意も邪《よこしま》な気持ちで受け取ってしまったんだ。恥ずかしい。……けど、良知さんだって悪い。お風呂上がりの格好で色気のある声音でささやくんだもの。深い意味はないにしても、ドキッとするのは仕方ないと思う。

それにしても、良知さんは定期的に運動をしているだけあって、とてもスタイルがいい。ルームウェアでもなんとなく引き締まった身体はわかる。

前も見て思った。スーツ姿では隠されている箇所がちらりと見えたりすると、なんだかとってもいけない気分になる。鎖骨に繋がる首筋なんかはとても逞《たくま》しくて、セクシーで……つい見てしまう。

「ところで、七海もお風呂に行ったら？　まだなんだろう？」

良知さんの声に我に返り、あたふたとしてさりげなく距離を取る。

「私は寝る前で大丈夫です。先に良知さんのお土産のスイーツをいただきましょう」

冷蔵庫に手をかけようとすると、ジッと見つめられる。彼の視線を無視して動くことはできず、手を戻した。

「今、俺を待たせるわけにはいかないと思って遠慮して言っただろ」

そして、再び彼が言った言葉にまたも狼狽える。

私、そんなに顔に出ているだろうか。いや、良知さんの洞察力がすごいんだ。

どう返そうか考えあぐねていると、彼が先に言葉を続けた。

「いいから。七海のほうが俺を待っていることが多い。今度は俺が七海を待つ番」

「で、でも」

「ゆっくり入っておいで。大丈夫。そのくらい俺は全然待てる」

ここまで言われたら厚意を受け取るほかない。私は観念して、ゆっくり頭を下げた。

「では、お言葉に甘えて……」

「ん、俺は本でも読んでるから気にしなくていい」

私は「はい」と返し、良知さんの前を横切ってキッチンを出る。自室に着替えを取りに向かうのに、無意識に廊下を速足で歩いていた。

ゆっくりでいいって、気にしなくていいって言ってはくれたけど、きっと落ち着いてお風呂に入っていられない。もうどうしたらいいの。近くにいても離れても気になっちゃうなんて。

それから私はいつもより、やや早く入浴を終えた。よくよく考えたら、お風呂に入っちゃうとメイクも落として素顔になると気づき、思い悩んだ。

初めて見られるわけじゃない。以前、もう寝る支度も終えていた時間に良知さんが帰宅してきて、話し合いをしたこともあったし。だけど、あのときと比べて今はこんなにも恥ずかしい。彼を意識し始めただけで、笑顔の自分が彼の目にどう映るかって、そんな些細なことをここまで気にしてしまうなんて。

私は堪らず脱衣所で「はあ」と息を吐き、その場に小さくしゃがみこんだ。

この程度で右往左往していたら、子どもなんて無理に決まってる。大体、彼に髪を掬われただけでも……視線がぶつかるだけでも心臓が跳ねるもの。肌を触れ合わせでもしたら、私の心臓どうなっちゃうか見当もつかない。

ひとしきり心の中で悶《もだ》え、ようやく立ち上がり着替えを済ませた。軽く髪を乾かし、鏡の前で櫛《くし》を通す。メイクは悩みに悩んだけれど、すでに素顔を晒しているのに今さらメイクをして戻るのは違和感があるだろうと考え、思い切ってそのままリビングに戻った。

「あれ？　思ったより早いな」

私の姿を見た良知さんは第一声でそう言った。

「いえ。ゆっくりさせていただきました。ありがとうございます」

あまり近くに寄らなければ素顔でも問題ないはず。

そう思っていたのに、良知さんが急に立ち上がってこちらに歩み寄ってくるものだから、儚《はかな》くも私の作戦は散ってしまった。

目の前に立つ良知さんを見上げ、硬直する。

「まだ髪が濡れてる。これじゃ風邪《かぜ》ひくだろ。座ってて」

彼は私の毛先に触れ、リビングを出て行った。

もう……もう。どうしたら自然に振る舞えるようになるの？　もはや良知さんの視界に自分がいると思うだけで意識してる。

頬が火照る理由がお風呂上がりだからではないのは、自分がよくわかってる。

両手で頬を覆って深く息を吸い込んでいると、背後から良知さんの足音が聞こえて手を離した。

「座ってなかったのか？　ほら、こっち」

良知さんの手にはさっき私が短時間だけ使ったドライヤー。彼はコンセントにプラグを差し、L字ソファへ私を手招いた。そこで私はようやくピンとくる。

うそ。まさか、良知さんが？

「そ、そんなこと良知さんにさせられな……ひゃっ」

私が抵抗して一歩も動かずにいたのを、彼は長い足ですぐに私の元までやってきて腕を掴《つか》んだ。目を見開いて彼を仰ぎ見る。

「だめ。俺が〝そんなこと〟をしたいんだから」

良知さんの低音の声にクラクラする。

手を振り払うわけにもいかず、されるがままソファに座ったら、良知さんは私の後方に回った。ドライヤーの音とともに温風で髪が靡《なび》く。

良知さんに無防備な後ろ姿を晒している緊張感は確かにあるのに、彼の大きな手のひらで頭を撫でられて、しなやかな指で髪を梳《す》かれるのが堪らなく心地いい。

時間が進むにつれて羞恥心よりも気持ちよさが勝っていき、最後にはリラックスした状態になっていた。数分間ドライヤーをあててくれたあと、彼は櫛も持ってきていたらしく、ブラッシングまでしてくれる。

今さら遠慮もできなくて受け入れていると、ふいに首の裏をつっと指先が伝った。

「んっ」

くすぐったい感覚に、ピクンと反応して短い声を漏らしてしまう。

なに、今の。偶然？　それとも……。

鼓動が速くなっていく。良知さんを確認したくても、振り向くことができない。

すると、彼はおもむろに私の髪を耳にかけながらつぶやく。

「七海の肌は本当に白くて陶器みたいに滑らかだ」

一歩間違えたら警戒心しか生まれない歯の浮くようなセリフを、オフィスではクールな良知さんが言うから反則だ。

これが出逢った直後だったなら私の感じ方も違っていたはず。だけど、今はそんなふうに挑発するように触れて、普段の彼からは想像もできないセリフを口にされたら意識せずにはいられない。

私はゾクゾクッと甘美な痺《しび》れを一瞬感じ、身を竦めて潤んだ瞳を彼に向ける。彼は片時も私から目を離さず、おもむろに右手を浮かせて私の頬に寄せた。

「七海……」

彼の魅惑的な唇が動いて、私の名前を発音する。その声もまた私を魅了する音で、さながら催眠術でもかけられているみたいに心がふわっとした。

良知さんの右手が吸い寄せられるように、私の顔に近づく。あの指に頬や唇を触れられたら——。

そのとき、着信音が響き渡った。はっとして音のする方向へ目を向ける。同時に冷静になった。

「この音は良知さんのスマホでは？　急ぎかもしれませんので、どうぞ」

そうして私は、ドライヤーを手にしてそそくさとリビングを出ようとリビングのドアに手をかける。

「もしもし……菫《すみれ》さん？」

瞬間、良知さんが口にした名前が気になって振り返ってしまった。すると、一瞬目が合い、彼は気まずい表情を隠すようにパッと顔を背けた。

私は衝撃を受け、逃げるようにリビングをあとにする。洗面台にドライヤーを戻し、鏡の中の自分と向き合った。

『菫さん』──間違いなくそう呼んでいた。女性の名前……。

土曜日の夜に電話をかけてくる女性。仕事関係の相手を下の名前で呼ぶことはまずない。知り合い？　同級生？　下の名前に『さん』づけしていたし、歳上なのかも。お世話になった先輩とか？

しかも私と視線がぶつかったとき、明らかにばつの悪い顔をしていた。

ぐるぐると考えを巡らせていくうち、自分が険しい表情をしているのに鏡越しに気づいて顔を背けた。

またただ。桜さんが良知さんの話をしていたときにも感じた仄暗《ほのぐら》い感情。

こんなふうになるくらいなら、いっそ……。

思い詰めていたときに、洗面所のドアがノックされて顔を上げた。

「すまない。もう終わったから」

私は良知さんを正面から見つめ、思い切って口を開く。

「良知さん。明日、お時間があるようでしたら一緒に外出しませんか？」

突然の誘いに、良知さんは目を白黒させている。

誰かに嫉妬してモヤモヤしているくらいなら、自分なりに行動して彼をもっと知る努力をすればいい。

そして、今、抱えているこの気持ちを本人に伝えてみよう。

なにかに夢中になっているときは、ほかのことを気にしていられなくなりがちだ。

それに、のちのち『自分なりに精いっぱい頑張った』と思えたら、結果がどうであれ清々しい気持ちになりそう。

とはいえ平静を装っているものの、好きな人をデートに誘うなんて生まれて初めてで緊張がものすごい。心臓が信じられないほど速く脈打っている。

まだ虚を突かれた顔で固まっている良知さんを見る限り、相当驚かせたみたい。

「ええと、その……行ってみたいカフェが近くにあるようなのですが、お付き合いいただけると心強いと言いますか」

私は言い訳染みた言葉を並べながら、だんだん恥ずかしくなって顔が下を向いていく。完全に俯く前に、良知さんが返事をくれた。

「もちろん。俺でよければ」

肯定的な返答に心から安堵して、私はにこやかに返す。

「ありがとうございます。あっ。フォンダンショコラ食べましょうか」

「コーヒーは俺が淹れるよ。七海は座ってて」

「じゃあ私はフォンダンショコラを温めます。……あの、良知さんは」

〝私のために買ってきてくれたんですか〟――。

　さっきお土産を手渡してくれたときに、頭に過ったその言葉を言いかけた。以前、自分では甘いものをわざわざ買わないと言っていたから。

　でも今は〝菫さん〟がちらついてしまって、完全に自信を失った。こんな些細な質問さえも怖くて聞けない。

「ん？」

「いえ。良知さんも、温めますか？　冷たいままがいいでしょうか」

　笑顔でさらりと嘘をつき、不安な気持ちを見て見ぬふりをする。

「俺も七海と同じがいい」

「わかりました」

　それから、私たちは一緒にキッチンに入ってコーヒーとフォンダンショコラの準備をした。良知さんが淹れてくれたコーヒーも、ほんのり温めたフォンダンショコラもいい香りがしていて、いつもなら最高の時間を過ごせていたはずだった。

　しかし、私は彼が親し気に呼んでいた菫さんのことで頭がいっぱい。せっかくのコーヒーとスイーツを心から味わえず、気づいたらいつの間にか食べ終わっていた。

私は小さな頃から、遠足や運動会など特別な行事の前日は中々寝つけない子どもだった。子どもらしいと言えばそうだけど、寝不足ゆえにすぐ疲れて思うように遊べなかったり、全力を出し切れなかったりしていた気がする。

そして、実はその癖は大人になった今もときどき発揮してしまっている。

たとえば、今日も――。

「大丈夫？　まだ具合悪い？」

目を開けると良知さんが私を覗き込んでいて、自分が眠っていたと悟った。

「あ……私、寝て……？」

ああ。そうだ。昨夜、ずっと考えごとをしていてほとんど眠れないまま朝を迎えて。それなのに良知さんと早朝ウォーキングに行って、折り返したあとからだんだん具合が悪くなったんだった。そこからのことはよく覚えていない。

額にジェル状の氷嚢《ひょうのう》を貼られている。当然、良知さんがしてくれたのだろう。

「ごめん。勝手に何度も部屋に入るのはどうかと迷ったんだけど、容態が気になって」

心配そうに眉を顰《ひそ》める顔も初めて見るものだ。なんて、ぼーっとする頭でも思ってしまうほど、ここ最近は良知さんのことを考えすぎていたみたい。

ベッドに横たわっていた私は徐々に意識が鮮明になり、上半身を起こした。

「ごめんなさい。もう大丈夫ですから」

「うん。顔色はだいぶよくなった。熱もなさそうだし。だけど、もう少し横になっていたほうがいい。俺はもうここから出るから」

「はい。本当にすみません」

良知さんが部屋を出て行くのを見届けて、再び身体を横たえた。天井を仰ぎ見て大きなため息を吐く。

自分で自分の足を引っ張ってどうするの。今日は一緒に出かけて、カフェで美味しいコーヒーを飲んだら……いろいろと話をしようと心に決めていたのに。自分で全部台無しにしちゃうなんて。

片腕を顔に置き、後悔を滲ませながら目を閉じる。せっかく一大決心をしたのに。タイミングを逃したら、また一歩踏み出すのに勇気がいるじゃない。

告白なんてしたこともない。たぶん、私の人生の中の最初で最後の告白。この気持ちを伝えたら、なにかが変わるのかと期待して頑張ろうとしていた。

情けない自分に脱力して落ち込んでいるうちに、いつしかまた眠ってしまっていた。

次に目覚めたときに時計を確認すると、正午になるところ。

ウォーキングから戻る途中で体調が悪くなったから……さっきと合わせて、大体四時間近くも寝ていたの？　私。

ベッドから足を下ろしてゆっくり立ち上がる。幸いたっぷり寝たおかげで調子は戻っていた。

部屋のドアからそろりと廊下に顔を出すも、しんとしていて良知さんの気配を感じない。どうやら書斎スペースにはいないようだ。となると、リビング？　もしくは出かけているとか……。

なんとなく足音を立てないように静かにリビングへ向かう。ドアをそっと押し開けると、良知さんはソファでスマートフォンを操作していた。

真剣な顔だから仕事かも。邪魔しないほうがよさそう。

気を利かせてドアを閉めようとしたとき。

「七海。起きたのか？」

良知さんに気づかれてしまい、おずおずとリビングに入る。

「はい。すっかりよくなりました。ご心配おかけしてすみません」

もしかすると、良知さんは私が体調を崩したせいで出かけられずに家にいてくれたのかもしれない。そう思ったら申し訳なさが先に立った。

「謝りすぎ。夫の俺に迷惑かけないで、ほかに誰にかけるつもりだ？　そういうの気にしなくていい。ほら。こっちに来て座ったら？」

彼は正論を口にし、端に座り直しながら私を気にかけてくれる。

「でも、今立て込んでいるのでは……」

「どうして？」

「その……難しい顔をしてスマホを見ていたので」

私の言葉に、良知さんの表情が微妙に変わった。どこか気まずそうに視線を泳がせ、言いづらそうに答える。

「あー。まあ、全然大したことではないんだ」

歯切れの悪い返しに、どうしても脳裏に菫さんが過る。

オフィス外の良知さんを少し知ったからといって、彼のすべてを把握しているわけではない。彼は気遣いができて真面目な人だと私が勝手に思っているだけで、その印象が事実かどうかまでは自信を持てない。圧倒的に情報不足だ。

彼がどんな気持ちで私と結婚したかは以前聞いた。

『面倒ごとがない』相手が条件だったということは、割り切った夫婦関係を築きたかったとか？　もしや、女性関係でトラブルに巻き込まれた経験があって……とか。良知さんのことを好きだという女性は、たくさんいただろうから。

ふと、その中に菫さんも含まれるのでは？　と頭を過る。昨日電話に出たとき、私と目を合わせた瞬間、〝しまった〟って顔をしていたし……。

急に大きな不安が襲ってきた。

初めてわかった。私は〝結婚〟という法に守られていれば安泰だと、なにがあっても関係は揺るがないと思い込んでいた。そんなの、人の気持ちは揺れ動くのだから、書類上の関係など一番意味のない脆《もろ》いものでしかないのに。

良知さんもなにかを考えているみたいだったけれど、腹を括ったような表情で私を手招いて呼び寄せた。怖々良知さんの元へ歩み寄ると、彼が隣の座面に軽くポンポンと手を置いたので、私はゆっくり腰を下ろした。

横に座っている良知さんのちょっとした動作や息遣いにさえ緊張する。肩を窄めて固まっていたら、彼はひとつ咳払いをしてスマートフォンを見せてきた。そろりとディスプレイに目を向けると、ポップな色使いと可愛らしいキャラクターや、木や空やと自然に囲まれた動物たちの画面だった。

「わあ……可愛い。え？　ゲームですか？」

思わず素直に感想を零してしまったが、はたとしてさらに疑問が浮かぶ。

この流れでほのぼの系のゲームアプリを私に見せるって、どういう……？

戸惑う私に、良知さんは淡々とゲームの説明をしてくれる。

「これは歩数計と連動しているアプリゲーム。アプリ利用者の歩数デイリーランキングや村人の交流もできる」

「歩数計と？　それは面白い発想ですね」

村を作っていくゲームなのかな。畑にいろんな野菜があったり、花壇にはお花があったり癒されそう。でも、こういうゲームを良知さんが楽しんでいるというのは意外。

もしかして、アサインされているプロジェクトの関係かな？

私がまじまじとディスプレイを見ていると、さらに詳細な情報を教えてくれた。

「ちなみに一週間で歩いた総距離や時間などによって、アイテムがもらえる仕組みだ」

「へえ。やっぱりこういう仕事をしていると多方面の知識が必要でしょうし、いろいろと詳しくなるんですね」

なんの疑いもなく言ったあと、良知さんから返事がなくて不思議になり顔を上げる。

彼は気恥ずかしそうに口元を押さえてつぶやいた。

「……いや。これは仕事じゃなく……趣味でやってる」

私は目を丸くして良知さんを見た。

趣味？　嘘。てっきり百パーセント仕事と思って……あ。そういえば前に桜さんが。

桜さんから聞いた話を思い出す。あのとき私の知らない良知さんの一面を桜さんが知っていて、すごく嫉妬してしまった。

「こういう箱庭ゲームが昔から好きなんだ。しかも負けず嫌いだから、毎回完璧を求めてつい夢中になる」

良知さんはそう言ってはにかんだ。

またひとつ彼の新たな表情を見られたことに、喜びを感じる。

「ふふっ」

「やっぱり笑える？　まあ俺のイメージだと意外なんだろう。この前も甲本さんに運悪く気づかれて驚かれたし」

「えっ。あっ……そ、そうなんですか」

私が桜さんにやきもちを妬いたのを知っていたかのようなひとことに、取り繕う暇もなく咄嗟に声を上げてしまった。私の心の中など彼が知るはずもないのに、なんだか意味深な視線を向けられていて動揺する。

「七海は彼女と仲がいいんだろう？」

さらに意外なことを言われ、驚き固まった。

「は、はい。ご存じだったんですか？」

桜さんの名前が出てきたのはたまたまだよね。桜さんは約束を破る人じゃないから、私が良知さんと結婚した事実を知っているのも伏せてくれているはず。

桜さんを疑ってはいないものの内心ドキドキしてしまう。

「ああ。いつも七海を見ていたらときどき甲本さんと一緒にいて、仲がいいんだとわかったから」

「そうなんです。桜さんは入社後まもなく知り合ってからよくしてくれ……て」

相槌を打ってぺらぺらと話す途中で、ふと気づく。

「私を……見ていたら？」

良知さんが？　いつも？　っていうか、いつから？　なぜ？

頭の中にたくさん疑問が生まれても言葉に出せない。聞きたい意思を視線で送り続けていたら、良知さんはこちらを見て小さく微笑んだ。

その微笑みは一体――。

このタイミングで、まさかのお腹の虫が小さく音を鳴らした。

自分で自分が信じられなくて、現実を受け止められない。さすがに間近にいた良知さんにも届いていたらしく、おかしそうに笑いを零した。

うう、めちゃくちゃ恥ずかしい……。

俯いて必死に羞恥心を堪えていたら、彼はおもむろにスマートフォンをローテーブルに置き、ソファから立ち上がる。

「朝食も食べずに寝ていたもんな。さっき適当にいろいろ買ってはきたけど」

キッチンへ向かおうとする彼のシャツの裾を、きゅっと掴む。

しまった。考えるよりも先に身体が……。

「ん？　なに？」

彼を捕まえておいて、まともに顔を見ることができない。俯いたままどうにか口を開いた瞬間、目の前のスマートフォンが振動した。反射でディスプレイを見ると、
《菫さん》から新着メッセージ。

私はその名前にはっとし、手を離した。

「あ……メッセージですね」

「あとでもいい。それより今の」

「ええと、いろいろあるって、なにがあるのかなあと思っちゃって」

かなり無理があるけど、ほかにもうなにもいい答えが浮かばない。

私が笑顔で押し切ると、良知さんはキッチンを指さして言った。

「見てみる?」

私の勢い余って出た行動についてはうまく流せたみたい。

心底ほっとして、一緒にキッチンへ向かう。冷蔵庫の中を見て驚いた。

「これ……全部私に?」

スポーツドリンクにゼリー飲料、プリンやカットフルーツ、アーモンドミルクに、冷凍室にはアイスまで。

「食欲なさそうだったし、疲れが溜まってるのかと思って口にしやすくて比較的栄養価が高そうなものを。ああ、あとレトルトだけどおかゆと雑炊もこっちに……」

「そんなに? 私を心配して?」

自炊を一切しない良知さんが、私のためにいろいろ考えて買い物をしてきてくれたのが伝わる。

私がここに住み始めた日は、冷蔵庫の中を見て唖然《あぜん》とした。食材と呼べるようなものはなくて、ミネラルウォーターかお酒しか入ってなかった。もっとも、私のほうも、そういう生活を送っている人なんだなと思うだけで指摘はしなかったけれど。

彼は驚愕する私を見て、そっと頬に触れてきた。

「迷惑だった？」

私はふるふると小さく首を横に振った。すると、目に見えて彼の瞳に安堵の色が浮かぶ。

「いただきます、全部。何日かかかるとは思いますが」

「ふ。本当、生真面目だな」

とうとう〝生〟がつく真面目だと笑われたって、その笑い顔にさえも胸が高鳴る。恋って些細なことでもうれしくなり、プラスの力になるのだと実感した。

休みも終わり、私はすっかり元の調子に戻って働いていた。

一日の半分を諸々《もろもろ》のリサーチに費やし、今日も変わらず業務で外出をしていた。帰社する途中、ひとりで百面相をする。

昨日は結局、タイミングを逃した私は本来の目的を達成することはできなかった。瞼を下ろすと、出逢った頃からは考えられないほどいろんな顔の良知さんが浮かんできて、私の心を揺り動かす。それがとても温かくて、心地よい。同時に菫さんの影がちらついて、焦燥感に駆られもした。

よくよく考えたら、自分の気持ちを伝えるのはできても、『あの電話の女性は誰ですか』とは聞き出せない。嫉妬している自分が醜《みにく》いからではなくて、単純に彼の心に踏み込んで嫌われるのが怖かった。

もう結婚もしたのだし、菫さんの件を含め、自分の気持ちもいっそ伝えずに過ごしていくのもありかな……。でも。

もう何度、繰り返しているかわからない。ほとほと考え疲れていたときに、偶然外出中らしき良知さんを見つけた。

私は途端に悩むのを中断して、うれしさのあまり声をかけたい衝動に駆られる。しかし、それを寸でのところでグッと堪えた。

いやいや、だめ。どこで誰に見られるかわからないじゃない。ここはオフィスからわりと近いし、噂になって事実が広まったら困るのは良知さんなんだから。

理性を働かせて思いとどまったものの、視線を送り続けることは止められず、しばらく彼の横顔を見ていた。

そんな自分の行動に、すっかり彼に想いを寄せているのだなと心の中で苦笑する。

その矢先、彼のそばにひとりの女性がやってきた。

上品なグレーのクラシカルなペプラムスーツを着こなす線の細い身体は、手足もすらりとしていてモデルのよう。良知さんと並ぶ後ろ姿でさえも、オーラを放《はな》っていて普通と違う。その証拠に、私以外にも彼らの近くを歩く人たちが振り返っている。

良知さんを見れば、私の前では見せたことのない等身大の柔らかな表情で、彼女となにやら言葉を交わしている。

あの顔は……心を許している相手にしかしないようなナチュラルな表情だと思う。

衝撃を受けつつも目を逸らせずにふたりを見つめていると、女性がごく自然に良知さんの腕に触れ、彼もまたそれを特に気にする素振りも見せずに前方を先に歩いていってしまった。

今のは……見ちゃいけないものだったのでは。

ふたりが人混みに消えていった方向を見たまま、茫然と立ち尽くす。

『良知さんは、どうして私との縁談を受けたのですか？』

『面倒ごとがないプレーンな結婚がいいと思ったから』

あのときの会話が脳裏に蘇る。

彼の言葉の意味を、自分なりに深く掘り下げて考えていたつもりだった。だけど、もしかしたらずっと方向性を間違って考えていたかもしれない。

プレーンな結婚……あっさりとした関係の結婚……？

足元が崩れる錯覚に陥って、危うくその場にくずおれるところだった。

詳しい事情までは想像できないけれど、私とはあくまで政略結婚としての良好な夫婦関係を求めていて、彼の本当の心はあの女性にある？

冷静になってもう一度考える。

良知さんはオフィスでは冷静沈着で、クールで怜悧な人だって多くの社員が口を揃えて言っている。合理的な性格だと、親や会社の立場を考慮して政略結婚を受け入れたとかありえそう。

仮にそうだとして、良知さんは自分の意思で決めたかもしれないけれど、彼女さんの気持ちを想像したら……。

自分の立場と彼への感情に複雑な思いを抱く。同時に私は、素性も知らない女性に感情移入して胸が苦しくなった。

恋はプラスに働くこともあれば、マイナスに働くこともある。

本や周囲の話を見聞きして、なんとなくわかっていた気になっていたのだと痛感した。加えて、いかに自分が世間知らずで能天気だったのだということも。

私は今まで自分でなにかを考え、選ぶよりも、すべてを年長者に委ねて流されるほうが、平和に事が運ぶと思っていた。そして、その行動が望まれていることであるなら大団円。私はそう信じて疑わなかった。

今になって、もっとちゃんと考えて行動する勇気を持って、ひとつひとつに向き合ってくればよかったのだと痛切に思う。

物事は単純にはいかないんだ。単純な事柄こそ、ふたを開けてみれば複雑なのかもしれない。視点は人の数だけあって、考え方もその数だけあるのだから。

午後の仕事の最中も気づけばそんな哲学的なことを考えたりして、何度も自分を戒めては業務に集中するよう努力していた。

遅かれ早かれ話し合いは必須だもの。心の整理をしながら帰宅しよう。

そう結論づけてなんとか仕事を終わらせ、帰り支度をした。エレベーターホールでぼうっとしてエレベーターを待つ。

夜ご飯どうしようかな。良知さんから連絡はない。つまり夕食を用意していいということだけど、実は私が食欲がなくてなにを作ればいいか閃かない。お弁当もまったく食べられなかった。

「ふう」とひとつ息を吐いたら、エレベーターの到着を知らせる音が鳴った。顔を上げた瞬間、心臓が止まるほど驚いた。

良知さん！　このフロアに来るなんてめずらしい。まさかこんなときに限って。

一瞬、間を作ってしまったものの、平静を装って会釈をする。

「お疲れ様です」

するとと彼は特になにも言わず、エレベーターを降りた。

お見合い前までオフィスでの彼はこんな態度だった。私が今まで通りにしようと提案したのだからこれでいい。……なのに今は、いつもと同じはずの対応に胸が痛い。

俯きがちになって足早にエレベーターに乗り込もうとした、そのとき。

思わず「えっ」と声を漏らし、目を剥《む》いて彼を振り返った。

良知さんは私の手首を掴むなり、人気のない裏の階段へ向かう。私は驚くあまり抵抗を忘れ、声も出せずに彼に手を引かれた。

階段ホールへ着くと、良知さんがあの美しい瞳を私の顔に近づけて言う。

「調子が悪そうだ。まだ本調子じゃないんじゃないか？」

「そ……そんなことはないです。それにもう帰るだけですし、ご心配には及びません」

彼の心に別の女性がいるかもしれないとわかっても関係なく、私の鼓動は速いリズムを刻んでいく。その双眼に映し出されているだけで冷静になれないと思い、堪らず顔を横に向けてしまった。

いけない。今のはさすがにあからさますぎた。

「七海。こっちを見て」

一度でもいいから、きちんと目を合わせないと……。ほら、なんでもないって演じて。今はまだなにからどう伝えようかまとまっていないんだから、せめて目だけでも。

必死に自分に言い聞かせるも、彼を見る勇気が出なくて顔を背けたまま口を開く。

「だめですよ。こんな場所で名前を呼んだら。というか接点のないはずの私たちが一緒にいるのも本当はいけな……きゃっ⁉」

声を出したのは、突然抱え上げられたせい。

「この時間なら階段を利用する社員もほぼいない。万が一誰かが来れば、体調不良の社員に手助けしただけだと説明するよ」

私を抱えている良知さんは、やや不機嫌そうに答えた。私は一体なにが起きたのか頭がついていかず、静止する。

これでは逃げ場がない。追い込まれる気持ちに反してドキドキもしている。

「でもさすがにこの状況は……って、どこへ行くんです？」

「だったらあなたの要望を聞き入れるまで。誰にも見られない場所へ移動する」

「えっ、ちょっ……」

良知さんは私を下ろす素振《そぶ》りもないまま、今度は階段を軽々上り始める。

私は咄嗟に良知さんの首の後ろに手を回した。荷物の如く運ばれている間、いろんな気持ちが湧き起こる。

身を預けている恥ずかしさ、誰かに見つかるかもしれない恐怖心。昼間の光景を思い出しては胸の奥が苦しくなる。

この腕に触れることを彼に許される女性の存在が、私をひどく臆病にする——。

良知さんにしがみついてしばらく固く瞼を閉じていたら、抱き運ばれている振動が変化した。薄目で確認すると、ここはどうやら主に上層部が使う二十六階のようだ。

なぜよりにもよって。こんなところを父にでも見られたら！

私が慌てふためくのとほぼ同時に、良知さんは足を止め、とある一室のドアを押し開けた。するっと室内に入るや否や、施錠の音がする。

この部屋はミーティングルーム……？　電気をつけていないから、薄暗くてはっきりは室内が見えない。しかし、窓の外から街の光が入ってそれなりに物や形はわかる。

部屋の広さは大体十五畳くらいはあるかな。テーブルや椅子の形やスクリーンの大きさから、私たちが使用するミーティングルームとはだいぶグレードが違うのがわかる。ある程度の役に就いている人たちが利用する部屋だ。

確かにここなら滅多に社員が来ることはなさそうだけど……。

密室にふたりきり。そんなのいつも自宅では同じ状況だ。にもかかわらず、今ばかりはすごく緊張している。しんと静まり返る室内が、余計に私の緊張を増加させた。

部屋の中ほどまで歩みを進めた良知さんは、私を革張りの椅子に降ろす。

座り心地のよさなど今は味わっていられない。目の前に立ってこちらをジッと見つめる彼の視線から逃れられない。

「あなたは元々芯があって心やさしい人だと思ってる。そのため、真面目で他人を優先しがち。違う？」

急にどうしてそんなことを言うのかはわからない。

それにしても、なぜそう絶対的自信があるふうに振る舞えるの。私ですら自分のことを詳しく知らないのに、出逢って間もない良知さんが……なんで？

「そんなの……よくわかりません」

あまりに良知さんがまっすぐこちらを見続けるから、私はたじろいでその目から逃げた。それでもなお視線を感じるため、さりげなく前髪に触れるようにして視界を遮った。刹那、手首を掴まれる。

「なら、俺が教える」

彼のここまで真剣な眼差しは初めて見る。

私はすっかり委縮して、叱責《しっせき》される覚悟で肩を窄めた。

怖い。よくわからないけれど、彼を立腹させてしまったみたいだ。

ぎゅっと目を瞑ったときに、拍子抜けするほど柔和な声が聞こえてくる。

「梶浦七海は仕事に一生懸命で優等生で、道徳意識も高い。いつも礼儀正しく、素直な性格ゆえに感情が顔に出やすい。それは天嶺七海になってても変わってないし、可愛いところだ」

発言の内容にあっけに取られ、おもむろに彼を見上げた。そして、驚く。

良知さんは怒っているのだとついさっきまで思い込んでいたのに、瞳に映る彼は苦渋に満ちた表情をしていたから。

わけがわからない。そんな顔されたら、まるで私が傷つけたみたいで……理由もわからず後ろめたい気持ちになってしまう。

困惑していると、良知さんが重そうに唇を開いた。

「これまで俺を見て何度か戸惑う顔はしていたけど、さっきのは違った。俺を拒絶していた」

拒絶？　私、そんなふうに見えてた？　ああ。だけど、実際エレベーターの扉が開いた瞬間、どうしようもなくて逃げ出したい衝動には駆られた。

彼の表情を見逃さないために、瞬きもせずジッと見つめ返す。

「ごめんなさい。そういうつもりではなかったんです。ただ……まだ心の準備ができていなくて」

「心の準備って？　なぜ今にも泣きだしそうな顔をしてる？」

指摘されて喉の奥に熱いものが込み上げ、張りついた感覚がして、まとまらない感情が暴発するのをどうにか抑える。一度大きく息を吸い、幾分か気持ちを整えた。

これから聞こうとしている質問の答えをもらったら、私はどうしたいんだろう。まだ自分の中で正解が出せていないのにこうなってしまったけど、それを嘆いていても仕方がない。

私は心を決めてストレートに尋ねた。

「良知さん。正直にお答えください。あなたは今、想いを寄せている女性がいますか？」

彼は心底驚いたようで、切れ長の目を大きく見開き、時間が止まったみたいに動かない。

その反応ですべてを察する。

「やっぱりそうですか。それは仕方のないことだと思います。でも、どうしてそれを伏せたまま私に求婚したんですか。結婚したあとに明かすのはあんまりです」

見境なく責めたくはない。だからなるべく感情的にならないようにつとめて冷静に胸の内を伝える。

「素直でなにごとも他人を優先する私なら、なんでも受け入れるとでもお考えでしたか？　だけど私にも選択する権利はあり、感情があります」

政略結婚は双方の利害が一致することで成立するもの。彼が私にそういう意味での価値を見出したなら、それはそれで構わなかった。けれどそれは、最低限の誠意を尽くしてくれるのが前提だ。ううん。もしかすると、私が彼を好きになっていなければ、そんなことは気にも留めなかったのかもしれない。

仮定など、今やなんの意味も持たないとわかってる。仕事でも教わったばかりじゃない。大事なのは希望的観測ではなく、〝ファクト〟だって。

「待て。どういう意味か順を追って説明してくれないと」

常に冷静という印象を誰もが持つ彼が、目に見えて焦りを滲ませながら訴えてきた。

彼が取り乱す理由があるとすれば、家同士の信頼関係が崩れることだと想像できる。父や会社の立場などを考えたら、私が寛大な心で受け止めるべきなんだろうけれど。

「今日、お昼前に良知さんが女性と親しげにされているのを見かけました。なんとなく……先日お電話していた、菫さんという方かと予想したのですが」

できるだけ落ち着いて話をしたかったのに、早口になってしまった。

ちゃんと伝わっただろうかと不安に思って彼を見れば、茫然としつつも何度か頭を小さく縦に振っていた。

「あぁ……なんだ」

良知さんは脱力してぼそりと漏らしたかと思えば、今度は笑いを堪えている。

真剣に悩む私と違い、彼は開き直って笑える程度のことなのだ。

私は彼の反応に傷つき、小さく下唇を噛んだ。次の瞬間、私が座っている椅子のアームレストに両手を置かれ、見下ろされる。

彼の腕で閉じ込められた現状に動揺し、至近距離の彼を仰ぎ見た。すると、あろうことか彼はうれしそうに口元に弧を描いていた。

「つまり、嫉妬してくれたということで？」

得意げな笑みで言われ、瞬く間にカアッと顔が熱くなる。

「この際、私のことはいいんです。あの女性には、知らなかったとはいえとても申し訳ないことをしました。良知さんも今からでも誠意を尽くして……」

話している途中に顎を捕らわれ、クイと上を向かされる。

「この期に及んでまだ他人を慮《おもんぱか》る。困った人だな」

彼がこんなに意地悪な言動をする人だったなんて。けれども、簡単に嫌いにはなれないほどには、もう心が動いてしまった。

「やめ……っ」

私が抵抗しようとした矢先、彼は「シー」とささやき、私の唇に人差し指を添える。

「誰かに気づかれたら困るだろう？　せっかく待ち望んだ瞬間が来たのに」

外の灯りで彼の瞳が光る。弾んだ気持ちを抑えている雰囲気の良知さんは、穏やかに私の髪を撫でた。

「いい？　七海。落ち着いて聞いて。今日、七海が見た女性は確かに菫さんだ。彼女は俺の叔母《おば》。母の妹なんだ」

彼の説明に目を白黒させる。

「ま、まさか。だって横顔を見たのは一瞬でしたけど、そこまで良知さんと年齢が離れているようには」

「まあ菫さんは三十八だからな。俺と八つしか変わらない。そのせいか、一般的な叔母と甥《おい》っ子よりは距離感が友人に近いかもしれない」

「えっ。八つ？」

「母と菫さんは十五歳離れている姉妹なんだよ」

衝撃的な事実を知り、愕然《がくぜん》とする。

ひとつのことに夢中になりすぎると、視野が狭くなってだめだ。とはいえ、今回の件は不可抗力……いや、でもやっぱり。

「は……恥ずかしい……。本当にすみませんでした」

私は顔を両手で覆って小声で謝る。自分の失態に恥ずかしさが込み上げてきて、とてもじゃないけど顔向けできない。

羞恥に悶えていたとき、ふと疑問が浮かぶ。

「あれ？　でもさっきの反応は、絶対好きな人がいる感じだった気が……」

あの良知さんが初めて見るくらい、すごく動揺していたもの。

またもや混乱していると、彼は長い足を折って今度は私を見上げる。とても柔らかな眼差しで。

「俺、自分のリサーチ力とインスピレーションには自信があってね。縁談の相手があなただと知ってすぐ、七海を観察していた」

観察？　そういえば、何度か似た話は聞いていた。父の話に積極的に耳を傾けてくれていたらしいし、良知さんなりに婚約者候補の私について調べていたのね。

冷静に分析していたら、良知さんが私の左手を握る。ドキッとするや否や、彼は伏せていた瞼を押し上げて、澄んだ双眼をこちらに向けた。

「数日もすれば、俺があなたを好きになる予感が芽生えた。お見合い当日に会った際に、無垢《むく》で笑顔が可憐《かれん》な七海を前にして、その予感が確信に変わった。だからすぐプロポーズをした」

彼の告白に唖然として、聞こえてきた言葉が脳に届くまで時間を要する。

「ま、待ってください。なら、良知さんが想いを寄せてる相手って……私……？」

嘘でしょう？　それが本当なら私、この先の運を全部使い果たしたくらいに幸運が訪れたんじゃ……。

うれしいけど恥ずかしくて落ち着かない、そんなむず痒《がゆ》い感覚にそわそわする。握られている左手に汗をかいているのがわかり、我慢できずに手を引っ込めた。

今の態度はよくなかったと後悔するも、彼の大きな手が再び私の手首を捕らえる。

驚きと罪悪感で肩が小さく震えた。

彼は中腰になり、耳元に唇を寄せる。

「さて。晴れて七海も俺を好きになってくれたから、もうリミッターを外してもいいよな？」

口角を上げる彼は妖艶《ようえん》に微笑み、するりと私の頬を撫でながら首の後ろへ手を回す。

「え……。えっ？　なにを……あ、んっ」

私の戸惑いの声は容易《たやす》く唇ごと奪われる。

さっきから良知さんの言葉を理解する前に事が進んでいく。

彼の口づけはやさしいものとは言えなかった。言葉を発しようとする私を唇で強引にねじ伏せ、息継ぎさえ許されない。けれど、このキスが怖いとか逃れたいとかいう思いにはならなかった。

彼の力強さや熱が私への感情の表れなのかと想像して、勝手に身体が火照っていく。

「んん、よ……しとも、さ、んっ」

口が離れた僅かな時間に零れ落ちるのは彼の名前。

それも最後にはまた唇を覆われ、私の声が彼の口内に消えていく。

私は彼のスーツを掴むのが精いっぱい。それだって、徐々に力が抜けていくからいつまでもつかわからない。

キスの仕方もままならないのに、彼に触れてほしい、触れたい気持ちが溢れていて自然と求めていた。

良知さんは私の欲求に気づいていたのか、半開きの唇から奥へと侵入してくる。体感したことのない心地に、ますます甘い眩暈《めまい》を感じた。

どうしよう。ここはオフィスなのに……。いけないっていつもなら理性で動けるのに、今は全然だめ。この心地よさに抗えない。

私は涙目になりながら夢中で唇を重ねていた。数秒後、彼がゆっくり距離を取っていく。安堵と寂しい気持ちが混じり、上目で彼を見上げた。すると、目尻に溜まっていた涙をぬぐうようにキスが落ちてくる。

時間が経つにつれ、キスという行為への恥ずかしさが膨らんでいく。目のやり場に困っていたら、良知さんが「はあ」とため息を吐いた。

なにか私への不満や失望からのものかと想像して焦っていると、彼は大きな手で顔を覆って天井を仰いでつぶやいた。

「家に帰るまでキス《これ》だけで我慢する俺を褒めてほしいよ」

そのポーズのまま動かない良知さんを見て、ドキッとする。

結婚してから、この一カ月。少しずつ彼のいろんな顔を知ってきたと思っていたけれど、今日だけでまた新しい一面をたくさん見つけられた気がする。

未だに体勢の変わらない良知さんに、おずおずと声をかける。

「良……」

瞬間、自分からきゅるっとお腹が鳴る音がした。

まさかまた同じ失態をするなんて。なにも甘い雰囲気のときに鳴らなくても！

「またそれか」

彼は私を見て声を押し殺して笑っている。

しばらく笑いが止まらない良知さんを見て、恥ずかしくても彼の楽しそうな笑顔が見られるならこの程度の失態も悪くはなかったなどと思う自分がいた。

「すみません……今日はひとりで考えすぎていたせいで、お弁当が喉を通らなくて……」

私は顔から火が出そうになりながら、自分で自分を責めて俯いた。

「なるほど。七海は悩みがあると食事をとらなくなるのか。なら、これから食べに行こう。少し外で待ってて。すぐに支度して迎えに行く」

「え、でもまだ仕事があったのでは……」

良知さんは私の頭にポンと手を置く。

「今日ばかりはさすがに俺も仕事も手につかないよ。それとも七海が嫌だっていうなら泣く泣く残業するけど」

彼の声、セリフ、視線の動きひとつひとつに胸の奥がきゅっと鳴る。

恋心を受け止めてもらえたときって、いつもの自分とは思えない勇気と自信が湧いてくるんだ。

「私……外で待ってます」

私は椅子から立ち上がり、まっすぐ彼を見つめてそう言った。


そのあとは、良知さんの顔利きなのか急にもかかわらず有名ホテルのレストランの予約が取れて食事を楽しんだ。そして今、私たちは上階の部屋にいる。

素晴らしい景観も目に入らない。視界に映るのは、余裕のない顔で私を見下ろす彼だけ。静かな部屋に自分の心音が響くのではと思うほど、ドクドク鳴っている。シャワーを浴びてバスローブに袖を通しているときにも心臓が飛び出しそうなくらいだったのに。もう緊張が経験したことがない域に達している。

「――んっ」

二度目のキスは、さっきの続きとでもいうように初めから深く熱い。

わだかまりはなくなったものの、こういうシチュエーションは生まれて初めてで戸惑っている。けれど、この場から逃げ出したいとも思わないし、やめてほしいとも思っていない。未知の扉の向こうに足を踏み入れる恐怖心よりも、彼に触れて抱きしめられたい欲求が遥かに勝っていた。

広いベッドの上で私の顔に影を作る良知さんが、やさしい手つきで髪の生え際からゆっくり頭を撫でる。繰り返される動きに、すっかり心地よくなり力が抜けた。

「縁談の相手、俺じゃなくても受け入れてた？」

突拍子のない質問に驚いて、答えるまで時間を要してしまった。

私はお見合いの日を思い返しながら口を開く。

「わかりません。父に昔から言われていたことだったので、お見合いにそこまで抵抗はなかったですし……。でも、お見合いの当日に求婚されて承諾することはさすがにないように思います」

「だったら、どうして俺はよかったの？」

彼は私の両頬に手を添えて、真剣な目を向ける。

「父のことをよく知ってくださってるのがうれしかったのと、興味を引かれたからかもしれません。これまでの印象とはまったく違う部分がある人じゃないのかなって」

それこそ良知さんじゃないけれど、インスピレーションが働いたのかもしれない。

直感的に『悪い人ではない、人間力が高く尊敬できる人かも』と。

「私の話よりも、良知さんです。どうせ身を固めなければならないなら、面倒ごとがないプレーンな結婚がいい。そう言ったのは良知さんですよ」

そんなことを言われれば、私に特別な感情は皆無なんだなって思うじゃない。

私に指摘された良知さんは、苦笑いを浮かべて言った。

「そう思っていたのは嘘じゃないよ。だけど、七海を知って惹かれていったのはそのあとの話」

その言いぶんにあっけに取られ、思わず口を尖らせた。

「ずるいです、そんなの。誰だって勘違いしちゃう」

「あなたは柔順なのが長所であり短所でもあると思ったから、〝義務〟で好きになってもらうのは絶対に避けたかった」

「つまり……私が自然と自分の意思で好意を持つまで、あんな思わせぶりな態度を続けようとしていたんですか？」

良知さんの言う通り、義務感は強かったかもしれない。そういう私の性格すらも考慮して？

「プロセスは丁寧かつ確実にね。課題達成するためには、ある程度スピードも必要ではあるが変に焦っちゃいけない」

したり顔で説明する彼に愕然とする。

「策士すぎます。その間、私はひとりでいろいろ……」

　それすらも彼の策略のうちだったんだと気づく。

「悪かった。ごめん。お詫《わ》びにもうひとりで悩ませるようなことはしない。毎日ちゃんとご飯を食べる七海でいられるようにする」

「本当ですか？　約束ですよ」

「ああ。ひとりで考え込みそうなときは、ちゃんと話を聞くから」

　彼はこれまで、いつでもきちんと向き合って話を聞いてくれた。だから今の言葉も本心だと思える。

「私、良知さんのそういうところが好きになった理由なのだと思います」

　改めてそう感じ、勇気を出して伝えた。良知さんは虚を突かれた顔をしたのち、薄っすらと笑みを浮かべる。

　これまでで一番やさしい眼差しを目の当たりにして、ただ見惚れていた。すると、彼の前髪が落ちてきて私の好きな彼の瞳が隠されてしまい、頭で考えるよりも先にスッと指で髪を避けていた。良知さんはそれを受け入れ、静止してくれている。

　彼の濡れた髪を指で分けると、伏せられた長い睫毛が露わになった。私はその睫毛に触れたくなり、そっと指先を伸ばす。

誰かの顔をこんなに間近で見るのは初めて。ここぞとばかりにまじまじと彼の端正な顔を眺める。

肌がきめ細やかで綺麗。あ、目の際に小さなホクロがある。今まで気づかなかった。

この瞼が開けば宝玉みたいな瞳が……。

そのとき、おもむろに目が開き、宙に浮いていた手を掴まれる。至近距離で視線がぶつかると、たちまち恥ずかしくなった。パッと目を逸らすや否や、手のひらに口づけられる。

「んんっ」

くすぐったさに首を窄め、良知さんを一瞥した。彼は私の手のひらに触れたまま、横目でこちらを見ている。とても色っぽい表情に脈が速くなった。

彼はさらにこちらを見て、クスリと笑う。

「自分から意中の相手に触れるのも中々勇気がいるが、相手からこうして手を伸ばされるのも妙な緊張感があるな」

「良知さんでも勇気がいるんですか？」

咄嗟に口からついて出た。彼ほどの人ならどんなとき、どんな場面でもクールにやり過ごせるのだと思い込んでいたから。現に今も、特段いつもと変わりない気がする。

「まさか俺が終始余裕だとでも思ってた？　そんなことはない」

良知さんは私の手を掴み、自分の胸に添えた。驚いたのも束の間、手のひらから良知さんの熱と速い鼓動が伝わる。

良知さんも私に触れたり、触れられたりするとこんなに心臓が跳ね回るの？

実感するや否や思わず顔が熱くなる。自分の行動で誰かがそんなふうに思ってくれるなんて想像したこともなかった。

「これは緊張と……高揚だ。七海も同じく思ってくれているならうれしいんだけど」

「あっ、ん」

良知さんが口の端を上げて言うや否や、手首から腕へと唇を使ってなぞっていく。なんとも言えない刺激に背筋がぞわりと震え、吐息が漏れる。自分の力が徐々に抜けていくのを感じながら、彼の言葉の答えを頭の中に浮かべる。

バレッタをつけてもらったときですら、私の身体は過剰に良知さんを意識していたくらいだもの。こんなにあちこち触れられて、しかも直接肌が重なっていたら……。

「私は……良知さんの比じゃ、ありません」

ぎゅうっと目を瞑って返すと、ふいに彼の手が離れていくのを感じて瞼を開けた。

「怖いならやめるけど」

彼は身体を離し、こちらを見下ろして言った。急な変わり身に私は思わず固まる。怖いかどうかと聞かれたら、多少の恐怖感は否めない。それでも……と思うのは、もう私は良知さんに心を奪われているから。

私は潤んだ瞳を彼に向け、眉根を寄せながら小さく返す。

「こ、こんな状況で今さら……意地悪です」

震える声でどうにか正直な気持ちを伝えると、彼は頭を傾けて耳元に唇を寄せた。

「七海から求められたい」

しっとりとした色気のある声色でささやかれ、一気に体温が上がる感覚になる。

私は恥ずかしさのあまり、到底良知さんと顔を合わせられないと思って衝動的に両手を伸ばし、彼に抱きついた。

「もう、いいですから、早く……。ドキドキしすぎてどうにかなりそうです」

くっつくと、どちらの心音なのかもわからない。

密着したままでいるのも、と思いつつ離れる勇気もなく困っている間、良知さんはなにも言わない。些《いささ》か不安になって腕をそろりと緩め、口を開く。

「あの……ん、むっ」

瞬間、ふいうちで噛みつくようなキスをされる。唇を強く押しつけ声を抑制し、口内の隅々まで暴かれるときにはもう、力が入らなくなっていた。

最後に軽く下唇を噛み、キスが止んだところで重い瞼を押し上げる。私の瞳には熱を孕《はら》んだ視線を向ける雄々しい表情の良知さんが映った。

彼は自分の唇を軽く舐め、やや上気した頬でつぶやく。

「想定外の返しをした七海のせい。完全に煽《あお》られた」

「なっ、あっ、ン」

事情を尋ねようにももう時間は与えてもらえず、再び口を覆われると同時に急くようにバスローブを脱がされる。

そのあとはなにかを考える余裕もなくて、ただ我慢できずに甘い声を漏らし続けた。

途中何度か不安に駆られはしたけれど、そのたび彼がゆっくりやさしく触れ、安らぐ声で私の名前を呼んでくれた。

心を許した相手と肌を重ねて感じるものはなににも代えがたく、私はごく自然に身体を重ねられたことを心から幸せだと感じていた。

4．もっと……なふたり

遡ること約三カ月——。

「天嶺くん、ちょっといいかな」

クライアント先から戻ったとき、居合わせた社長に声をかけられた。

「梶浦社長。お疲れ様です。大丈夫ですが、なにか？」

「時間は取らせないから、少し移動しようか」

彼はそう言って、社長室へと足を向けた。

現在、ＫＵＲコンサルティング株式会社へやってきて丸二年が経ち、三年目に突入した。

梶浦社長と俺の父はもう十年以上の付き合いで、父のあとを追うように天実商事に入った俺もまた、彼と関わる時間は増えていった。

梶浦社長の第一印象は、〝コミュニケーション能力の高い人〟だった。

あたかも昔馴染《むかしなじ》みみたいに、誰とでもすぐ親しくなれる彼には舌を巻く。慎重な性格の俺も、梶浦社長にだけは気づけば警戒心を解いて接していた。

彼は相変わらず邪気のない笑顔で易々《やすやす》とこちらのテリトリーに入ってくる。そして、それが不快ではないからやはり不思議な人だ。

「いや〜。天嶺くんはコンサル向いてると常々思ってはいたけど、予想を遥かに超えた感じだな。たった二年で周囲からの評判がすごいよ」

「うれしいお言葉ですね。僕も日頃身につけた知識を活かせたと感じるので、日々やりがいがあります」

俺の父はどちらかといえば、仕事においては厳しく育成するタイプ。反して梶浦社長は褒めて伸ばすタイプなのだと、この二年でわかった。もちろん、引き締めるところも忘れてはいないが、その匙加減《さじかげん》が絶妙にうまい。

さすが一代でこの会社を起《た》ち上げ、財を成しただけのことはある。俺は梶浦社長から多くを学べる機会だと思ったのもあり、今回の出向をふたつ返事で受け入れたのだ。

それに、将来的に天実を継ぐなら専門的知識は必ず役に立つ。

「それはなによりだ。……で、話というのは実は業務外のことでね」

社長室にたどり着き、入室してから梶浦社長の背中に問いかける。

「なんでしょう」

『業務外』となると、どういう話題かいまいちピンと来ない。

梶浦社長は重厚なデスクの端に浅く腰をかけ、ジッとこちらを見据えて口を開く。

「天嶺社長から君はここしばらく特別な相手がいないようだと聞いて……まあ端的に言うと縁談の申し込みさ。うちのひとり娘とのね」

「梶浦社長のお嬢さんと……ですか？」

ときどき、遠回しに『自分には年頃の娘がいて』と縁談をにおわせてくる人もいる中、梶浦社長からは一度も子どもの話を聞いたことがなかった。

「ああ。娘の七海は昨年からうちのオフィスで働いているんだが、おそらく天嶺くんとは業務上の関わりはまだないだろう」

「そうですね。しかし、なぜ僕に？」

梶浦社長の交友関係は広い。彼が縁談相手を探しているのであれば、うちと同等の相手はいるだろう。それとも俺は一候補にすぎず、ほかにも打診していたり？　いやしかし、梶浦社長はこんな話をあちこちに振りまくような人じゃ……。

「もちろん、君のご実家である天実商事と今後も良好な関係を続けたいという思いもある。しかしそれよりも、大事なひとり娘の相手として天嶺くん以外にいないのではと感じたんだ。父親の直感ってやつかな」

梶浦社長のまっすぐな目から偽りはないと伝わった。至極シンプルな話で、彼のお眼鏡に適ったということだ。

とはいえ、初めからそんなに過大な期待を寄せられて結婚するのは正直自信がない。梶浦社長に気に入ってもらえているのはうれしいが、俺は昔からあまり恋愛ごとに深い興味は持てなかったから。

相手の女性ほどのめり込めないとでも言うのか。いつも約束を迫られ、少しでも守れなければ不安にさせられたと泣かれ……。求められるものが多いために、どうしても煩わしさのほうが勝ってしまう。

「父にも同様の話をすでに……？」

父がこの話を聞いていたらどう反応するだろうか。親しい梶浦社長との縁談なら手放しで喜びそうな気はするが、先に外堀を固められるのは気分のいいものではない。我ながら面倒な性格だとは思うけれど。

すると、梶浦社長は首を横に振った。

「いいや。当の本人の気持ちが重要だろう？　まあ、君の身辺を探るような話をしたわけだから薄々勘づかれているとは思うけどね」

苦笑交じりに話す彼に、はっとした。

梶浦社長は社員ひとりひとりを家族として扱い、尊重する人だったのを忘れていた。

こういう話のときでもそれはやはり変わらないのだなと、心の中で尊敬の念を抱く。

彼はさらに柔和な顔つきで言葉を続ける。

「幸せなことに、わたしは娘から信頼されているようだから。わたしが紹介する結婚相手候補はよほどじゃない限り受け入れてくれるだろう。その娘からの信頼を懸けて、君がいいと思ったんだ」

光栄なのと同時に、いっそう重みを感じる。ここまで一心に考えて申し込まれたら、断るにしても単純には答えられない。

俺は間を置き、梶浦社長を見据えたのちに一礼する。

「少し……時間をください」

梶浦社長から縁談の話を受けて、自分でも意外だったのが、僅かだけれど相手に興味が湧いたことだった。

あの梶浦社長のご令嬢はどういう雰囲気の女性なのだろうか。

まったく予想がつかなかった。だから自分の目で確かめようと思い立った。

幸いそのご令嬢は昨年から、ここKURコンサルティングに入社している。

オフィス内ならいつでもその女性の様子を見られる。大体の人間像はわかるだろうと思った。が、予想していたよりも彼女を見る機会は少ない。それもそのはず、自分だけではなく彼女も仕事で外出していることが多いのだ。

とりあえず、サポート課に所属していてどんな容姿かという程度は把握した。

〝梶浦七海〟という存在を意識し始めると、自然と社内での彼女に対する評価も耳に留まる。どうやら『頑張り屋の社長令嬢』らしい。

梶浦社長と話をして数日が経った、ある日。

定時時間をとっくに過ぎた頃、抱えていたプロジェクトが一段落し、直属の上司に付き合って喫煙ルームに足を運んでいた。敢《あ》えて三階下の喫煙ルームに行く理由は、上層部のフロアで役員と遭遇するとリラックスできないからだとその人は笑っていた。

五分程度そこにいて仕事に関する話をしていたら、彼のスマートフォンが鳴り出した。彼は俺に謝り、「先に戻っていていいから」と言い残し、喫煙ルームを出るとどこかへ消えてしまった。

俺は喫煙家ではないし、ここにとどまる理由もないのだけれど、なんとなくそのままひとりぼんやりする。ふいに梶浦七海のことが頭に浮かんだ。

そろそろ梶浦社長に例の件の返事をしたほうがいいよな。あのとき、即答で断るのは失礼だと猶予をもらったが……。あまり間延びさせるのも心証が悪い。

丁重に断ろうと決めたものの、いつ頃どのように切り出そうかと考えながらドアを押し開ける。すると、女性の驚く声がした。俺がドアを開けたタイミングと重なって、ぶつかりそうになったらしい。

その女性は小さな肩を窄め、数秒の間固まっていた。

「すまない。大丈夫か？」

「え、ええ」

そうして、おもむろに女性が顔を上げるのを見て一驚する。

この女性は、梶浦七海さんじゃ……。

俺の肩にも届かないくらいの身長で、華美ではないが上品さを醸し出している身なりは、最近まで観察していた梶浦七海と同一人物だった。

彼女の肩下の艶やかな黒髪と同じ色の大きな瞳は、心なしか僅かに潤んでいる。同時に困惑した色を浮かべている気がしたため、俺は「ならいい」とひとことだけ返して早々《はやばや》と立ち去った。

人気のない階段を上りながら、間近で見た彼女を回想する。

いわゆる我の強いわがままなご令嬢ではなく、噂通り柔順そうな雰囲気だった。どことなく表情が暗く涙目だったのは……仕事でなにかあったのか？

考えを巡らせ、彼女の涙目の理由に思い当たり、ピタリと足を止める。

まさか、俺？　すでに俺との縁談について梶浦社長から聞いているせいだろうか。

「さすがにわからないな」

階段の踊り場で思わず口から零し、先ほど彼女と出逢った階下を見つめた。

〝わからない〟ことをわからないままにしておくのは性に合わない。

だから仕事でもとことん追求して、自分が納得した結果を得てその先を考える。それがごく自然なことだった。

彼女と偶然会ってから数日経ったが、無性に気になってしまって自ら彼女の行動範囲に足を踏み入れた。これまで絶対ではなかった用事でも、サポート課など彼女が関わる場所を通りかかったりしたのだ。

すると、以前までは見えなかった彼女の姿がいろいろと見えてくる。

たとえば、提携しているリサーチ会社にミステリーショッパーの業務委託をしているのに、通常業務をこなしつつも自らリサーチに出たり、そのデータを踏まえて身近で実践していたり。そういった行動力はちょっと意外だった。

勝手なイメージだが、主体性を持たずに与えられた仕事だけを淡々とこなす、よく言えば控えめな、悪く言えば自分の意思を持たない女性なのかと思っていたから。

自分の行動で先輩に「仕事が捗りそう」と言われた彼女は「よかったです」と、とてもうれしそうに弾んだ声で言っていた。

その日の夕方になっても、昼に見た彼女の笑顔がずっと脳裏に焼きついていた。

ミーティングが終わったあと、会議室を施錠して部署に戻ろうとしたとき。人の気配がして目を向けると、そこには梶浦社長がいた。

「天嶺くん。今日は終わりかい？」

ここ最近、毎日必ず梶浦社長のご令嬢のことを考えているのもあって、急に梶浦社長に声をかけられて内心動揺した。

それでもポーカーフェイスが得意な俺は、冷静に対応する。

「お疲れ様です。いえ、このあともちょっと」

「そうか。いや、変則的な勤務形態で申し訳ないね。今アサインされているのは……確か医療現場のデジタルトランスフォーメーション推進だったか。進捗はどうかな？」

「概ねオンスケで進んでいるかと」

「はは。さすがだね。プロジェクトリーダーも君の能力を絶賛していたよ」

「恐縮です」

約五十メートルある長い廊下を並んで歩いていると、束の間沈黙が訪れた。その沈黙をこちらから破る。

「梶浦社長」

「うん？」

「先日の件ですが、もう少し七海さんについてお話をお聞かせ願えますか？」

本来なら、今このタイミングで言うべきセリフは別のものだったはずだ。

丁重に縁談を断ってやり過ごす――そのつもりだった。しかし、好奇心が抑えきれず、もう少し彼女についての情報がほしいと切実に思っていたのだ。

俺が至って真剣に質問を投げかけたのに、あちらからはなんの言葉もない。不思議に思って梶浦社長を見ると、目をぱちくりさせていた。

「あの、なにか……？」

おかしなことでも口走ったかと一瞬焦りを滲ませたが、すぐに彼は明るく笑った。

「いやあ。少々意外だったものだから。この間の話は、てっきり興味がないと突っぱねられるとばかりね。娘の話ならいくらでもするよ。逆に『もういい』って言われてしまうかもな」

照れくさそうに、でもうれしそうに笑う梶浦社長の表情は初めて見るものだった。

梶浦社長は先に自分で言っていた通り、立て板に水のごとく次々と彼女について話してくれた。

『これまで反抗といった反抗もせずに育ってくれた』とか『料理が得意で特にお菓子作りの腕がいい』とか。

印象的だったのは、『これまで親の希望通りに進んでくれたけれど、就職先だけはここの会社にしたいと嘆願してきた』というエピソード。なんでも母方の姓を使って入社試験を受けたほど、真剣だったらしい。

どうりで部署での彼女からは前向きさが伝わるわけだと納得した。

そのあと、仕事に戻った俺は定時過ぎに私用で少しオフィスを出た。

エレベーターホールに向かって歩いていると、数人の社員がこちらの方向にやってくるのが見える。

特になにも思わずそのまま足を進めていくと、エレベーターの中に最後まで残っている梶浦七海を見つけた。彼女はほかの社員が降りるのを見届け、やっと自分が降りたかと思えば、誰が落としていったかもわからない小さなゴミを拾っていた。

ほんの数秒間の出来事だったけれど、俺は彼女の行動に目を奪われていた。

あんなふうにごく自然に動けるのは、これまでの生き方がそうだったからだと思う。

だからといって、嫌々やらされてきた感じはない。

彼女にとって相手を優先し、自分は裏方に回って求められている通りに物事をこなすのは普通のこと。しかし、奥底には情熱をちゃんと持っているのも知っている。

もし……彼女が仕事以外で自分のために行動したなら、どういう一面を見せるのだろうか。

そこまで頭の中で考えているうちに、彼女は姿勢を戻して顔を上げる。瞬間、彼女と視線がぶつかった。

急なことにも、わりと狼狽えずに対応できるほうだと自負していた。なのに、今回はとりあえず会釈をするのが精いっぱいだ——。

俺は彼女の横を通ってエレベーターに乗り、扉を閉めた。上昇するエレベーター内で愕然とする。

これまで特定の彼女がいたときでも、俺はここまで相手を知ろうとしていただろうか。女性関係においてはいつも受け身で、興味を向ける対象は仕事に関する事柄ばかり。そんな感じだった。

実は今回の縁談が舞い込んできた際、恋愛に溺れた経験もない俺にとってはちょうどいいかのかもしれないと一瞬頭を過ったりもした。探り探り恋愛の段階を踏むよりも効率的だ、と。今後親を含め周囲から「結婚は？」などの質問をされずにすむとも思った。

しかし、相手が尊敬する梶浦社長のひとり娘というところで、まずブレーキがかかった。……はずだったが、どうやら彼女よりも俺のほうが意識しているみたいだ。

誰もいないエレベーターの中で、「くっ」と笑いを零す。

階数ボタンをちらりと見て、彼女が控えめにボタンの前に立つ姿を想像した。

脇に回るのではなく、自らの意思を前に出して行動する彼女を直接見てみたい。

目的階に到着する前にはもう、次に梶浦社長へ伝える言葉が決まっていた。

そうしてお見合い当日。

色白な彼女によく似合う爽やかな水色の着物姿を目の当たりにして、自分の感情に素直に従ってみようと決めた。

彼女が甘いものが好きなのはすでに知っていたからラウンジでケーキを頼み、初めてまともに会話をする。

彼女は明らかに緊張している様子だった。俺も几帳面《きちょうめん》な性格ゆえに堅苦しい空気にしてしまっている自覚はあった。思えば、柄にもなく緊張していたせいもあるだろう。

そんな中、ふいに彼女がこちらをまっすぐ見つめてきた。

俺は澄んだ瞳を見つめ返し、声をかける。

「梶浦七海さん」

「は、はい」

彼女のほんの少し震えている声に、若干不安を感じつつも初志貫徹して口にする。

「この縁談を受けていただけますか？　わたしと結婚してください」

小さな声を漏らして茫然とする彼女をまっすぐ見ながら、自分の心臓が早鐘を打っているのを感じた。

彼女が戸惑い、迷った末に粛々と頭を垂れて、「未熟で至らない点も多々あるとは思いますが、どうぞよろしくお願いいたします」と答えてくれたときには安堵と喜びの感情が溢れた。しかし、ふと梶浦社長の言葉を思い出す。

『わたしが紹介する結婚相手候補はよほどじゃない限り受け入れてくれるだろう』と言っていた。

つまり、彼女は俺のプロポーズじゃなくとも同じ答えを出したかもしれない。

利他的な彼女が唯一欲しがったのが今の〝仕事〟なら、初めて欲しがる〝相手〟は自分であってほしいと俺の闘争心に火がついた。

そして約二カ月かけて、やっと形だけではなく本物の夫婦となれた現在――。

「七海～、どこ行くの？」

「桜さん！　資料室へ行く途中です」

オフィス内でたまたま七海を呼ぶ声がして視線を向けると、相変わらず七海と甲本さんの仲のいい光景が見られた。

「資料室ぅ？　みんな滅多に行かないとこなのに、またどうして」

「今、過去の資料のデジタル化作業も並行しているんです、私」

「そうなの？　大変でしょ？　でも七海のおかげでこの先の仕事の効率化が図れるのね。ありがとう！」

そんな会話を交わし、ふたりは手を振り合って別れた。

そのあと、七海は廊下の奥へ歩みを進め、資料室の前で足を揃える。彼女が鍵を開け資料室に入ってすぐ、俺も七海のあとに続いて入室した。案の定、七海は驚いて身体を竦めこちらを振り返る。

ここは元々少ない窓が書棚に半分以上覆われていて、日中だというのに薄暗い。けれども、七海は早々に相手が俺だと識別できたようだった。

「よっ、良知さん？　良知さんも、ここにご用が？」

「まあね」

嘘だ。用事などなく、単に七海を見つけたから思いつきで行動しただけ。

すると、彼女はあたふたとして今しがた閉めたドアへ手を伸ばす。

「そうでしたか。でしたら私はのちほど改めて来ますの……で」

あからさまに避けられているのを感じ、つい意地の悪い考えが浮かぶと同時に手が動いていた。俺は彼女の身体を正面から抱き留める。当然、七海はびっくりしてどうすればいいかわからない様子だ。

七海のさらりとした髪を軽く撫でつつ、問いかける。

「体調は？」

昨夜、彼女に少々無理をさせたことは否めない。

自分の欲求は二の次という七海から、ついに求められたことがうれしくて、うっかり我慢が利かない場面があったと自覚している。

ちゃんと最初は七海に合わせていたのに、いつの間にか……。一生懸命な七海があまりに可愛すぎたから。

心の中で反省していると、腕の中にいる七海が困惑し、もごもごとつぶやく。

「へ、平気です。あの、手が……」

背中や髪を俺に触れられているのを気にして逃れようとする七海を、わざと引き寄せて密着させる。七海の声にならない叫びを感じながら、俺は気づかぬふりで旋毛《つむじ》に鼻先を埋めた。

「昨日一緒に寝て思ったけど、七海の匂いってリラクゼーション効果がありそう」

「よ、良知さ……」

「七海」

小さな顎を捕らえ、顔を上向きにさせる。暗がりでも光を放つ彼女の魅力的な瞳を見つめていた、次の瞬間。

「だめです……っ」

七海が両腕で俺を突っぱねる。といっても、彼女の細腕だと俺の身体はびくともしない。それでも懸命に距離を取ろうとしている様に、彼女には悪いが笑いが零れてしまった。

俺の笑い声に反応し、七海は再び俺を見てふくれっ面で抗議する。

「もし誰かが来たら変な噂はすぐ広まりますから、疑わしい行動はしないに限ります。

なので、私が出直しますので」

息巻いてドアノブを掴み、上下に動かす。しかし、鍵がかかっていることに気づくと、彼女は茫然として言った。

「鍵……？　いつの間にかけたんですか？」

俺は七海の右手を取って、なに食わぬ顔で答える。

「いつって、入ったときに？」

七海は目を丸くさせたのち、唇を引き結んだ。『だから大丈夫だろう？』というこちらの言いたいことを察したらしい。

だが、意外にも簡単には引き下がらず、果敢に攻めてくる。

「で、でも！　密室に男女がふたりきりでいて、しかも中から施錠していたなんて知られたら言い逃れできません。どうするんですか！」

彼女がめずらしく捲《まく》し立ててくるものだから、驚きよりも少々不愉快な気持ちが出てしまった。

思えば初めに、オフィスでは俺たちの婚姻関係を伏せたいと切り出してきたときからそうだった。そんなに俺の存在が彼女にとってはマイナスなものなのかと感じ、複雑な心境に陥る。

俺は両腕をドアにつき、彼女を閉じ込める。僅かに差し込む陽の光で見える、赤らめた頬と潤んだ瞳の彼女を見下ろした。

七海は俺が強引に動きを拘束したせいか、混乱した様子だ。

俺はゆっくりと七海の耳に唇を寄せる。

「冷厳な俺と真面目な社長令嬢が、こんなところでなにをするって?」

わざと意味深な発言をし、七海の心をかき乱す。

彼女は思った通り、〝昨夜のこと〟でも連想したのか恥ずかしそうに俯いた。

七海の反応に、嫌われているわけではなさそうだと心の隅で安堵して、俺は意地悪な気持ちで笑みを浮かべる。

「誰もそんな想像しないよ。……俺たち以外は」

七海の欲を引き出して、誰のためでもなく自分のために動かしたのは俺だ。

彼女の熱を帯びたまなじりや悩ましげで色っぽい吐息、滲む汗や余裕のない声――それらは全部、ほかの人間には知りえないもの。

俺と七海だけが共有する秘めごとなのだから。

七海は俺のささやきに一瞬ベッドの中にいるときのような表情を見せたが、即座に気持ちを立て直して己を律する。

「と、とにかく、オフィス内では業務外では接触しちゃだめですから。絶対ですよ！」

一貫して注意を促し、鍵を開けたあとはそろりとドアの隙間から廊下の様子を見て、そそくさと出て行ってしまった。

ひとり、用のない資料室に取り残された俺は苦笑した。

「慎重だな、本当」

最後まで社員に気づかれるかもしれないと心配していた七海のために、このまま数分は資料室にとどまっていよう。

窓際に移動して、棚の隙間から外を眺める。

日々、世界が変わっていくように自分も変化していっているのを実感する。数カ月前までは、こんなふうにオフィス内で誰かを想う時間など皆無だった。

近くの書棚に凭《もた》れかかり、腕を組んで思いに耽《ふけ》る。

それにしても、七海はこの件に関して徹底している。頑なすぎるほどだ。

元々社内では内密にしようと持ちかけられた際、慎ましく穏やかに仕事をしている彼女を俺はすでに知っていたから承諾した。きっと、周囲から騒ぎ立てられたら仕事にならないとでも予想してのことだと思ったから。

確かに俺も一応名の知れた企業の跡取りとして周知されている立場で、さらにここの会社の社長令嬢と結婚したとなれば、ある程度は注目されるだろうというのは予測できた。だけど、ずっと騒がれるわけではない。まして俺は出向している身。予定では今年度で自分の会社に戻るのだから問題ないだろうに。

空を見つめて考え、おもむろに頭を掻く。

だからって、さっきのは少し意地悪しすぎたな。

七海の困った顔を思い出して反省し、今夜もなるべく早く帰ろうと決めて資料室をあとにした。

その日、マンションに着いたのは午後十一時前。

夜七時に、七海へ《遅くなるから先に休んでいて》とメッセージを送っていた。七海からは数分後に、《お疲れ様です。帰る際はお気をつけて》と返信があった。

エントランスをくぐり、コンシェルジュに挨拶をしてエレベーターに乗りスマートフォンを操作する。

本当は早く帰って七海の機嫌を取りたかったが、イレギュラーなことが起きて予定通り終わらなかった。

自分で先に休んでいてと言ったのに、心のどこかで会いたかったと思っている自分がいる。なにせ今日はオフィスであんな別れ方をしてしまったせいもある。

明日の朝は短時間でも顔を見てから出社しようと考えながら、自宅玄関を解錠し、ドアを開けた。廊下の奥が薄っすら明るくて、靴も揃えずリビングに向かう。

「七海？」

名前を口にしながらリビング内を探す。するとテレビボードのほうから返事がきた。

「おかえりなさい。遅くまでお疲れ様でした」

どうやら膝を折ってテレビボード周りの拭き掃除をしてくれていたようだ。七海は立ち上がってこちらにやってきて、笑顔を見せる。

「寝てなかったのか」

「もし良知さんが食事をしていないなら料理を出そうと思ったんです」

「そんなの自分でやるのに」

七海は本当に家庭的で妻にするには最高の女性だと思う。が、俺は家事をやってほしいと要望してはいない。それでもそういう理由で起きていてくれたことは、素直にうれしくなった。

キッチンに移動する七海になにげなくついていくと、火にかけ始めた鍋の中身に目が留まる。

「もつ煮込み？」

「はい。それとオクラのツナマヨ和えと玉ねぎのそぼろ餡《あん》、焼き茄子、かぶのお味噌汁です」

もつ煮込みは好物だ。それに、玉ねぎの料理も以前七海が作ってくれたのを食べて好きになった。かぶの味噌汁も然《しか》りだ。

「もしかしてだけど、俺の好きなものを作ってくれた？」

「ええ。これまでで、特に美味しそうに食べてくださっていたものを思い出しながら」

「ごめん。それなのに早く帰って来られなくて」

彼女の返答に茫然とし、声を落として謝った。すると、即座に七海が否定する。

「違うんです。良知さんはちゃんと連絡をくれたじゃないですか。これは私が勝手に……その、お詫びというか」

「お詫び？　なんの？」

まったく心当たりがないワードに首を捻る。七海は下げていた視線をおずおずとこちらに向けてぽつりと言った。

「今日はさすがに少しひどい態度を取ってしまったな……と。ずっと気になっていて」

予想外の返しに思考が追いつかない。

今日？　ひどい態度って……。今日の接点はあのときだけのはず——。

そこまで考えてピンと来た。資料室で俺を押しやったことか。

再び七海を見れば、流し目になりながら口を尖らせてぼやく。

「だけどオフィスでのことは良知さんが悪いんですよ？　私たちの関係は知られないようにって話なのに」

ひどいって言ったって、か弱すぎて俺の身体に触れていただけのようなものだ。痛くも痒くもなければ、むしろ可愛いと思うくらいだったのに。

まさかあれを今日一日、気にし続けていたなんて。

唖然としていると、七海はそろりと俺を見上げる。

「ただ……良知さんは良知さんでなにか考えがあったのかな、と気づいたんです。なのでちゃんとお話ししたいと思って待っていました。コミュニケーションは大事だと教えてくれたのは良知さんですから」

「つまり、そのために俺の帰りを待っていたと」

俺の質問に、彼女はこくりと一度頷いた。

「私、もっとあなたのことを知って、もっと好きになりたいって思っているんです」

ふいうちで信じられないセリフを耳にして、さすがの俺も固まった。

たぶん……いいや、絶対に七海は今の殺し文句を狙って言ったわけではない。それがわかるからこそ、身体の奥が熱くなってしまう。

右手で顔を覆い、しばし黙って気を鎮める。

〝まさか〟が過ぎる。このタイミングで煽られる言葉を言われたのも、こんなに動揺させられるのも。

言ってしまえば今日の資料室の件もだ。今までの俺は間違っても女性とオフィスであんなふうに接触したりはしなかった。しようとも思わなかったのに。

「良知さん？　もしかして、ご迷惑でしたか？」

不安げな面持ちで聞かれ、俺は顔から手を外してひとつため息を吐いた。

「ああ、もう。観念する。俺は七海のそういう純真無垢なところが可愛くて仕方がないんだ」

「かわ……えっ!?」

一瞬で顔を真っ赤にする七海を抱き寄せた。

駆け引きの仕方も知らず、子どもみたいな一途な向上心と見返りを求めない愛情を持って、こうもまっすぐぶつかられたら抱きしめずにはいられない。

『もっと好きになって』とこちらに要求するのではなく、『もっと好きになりたい』などと言われてうれしくない男がいるだろうか。

俺は堪らず口元を緩ませて額を合わせると、七海の両目を覗き込んで聞く。

「本当に知りたい？　俺のこと」

七海は頬をさらに紅潮させ、血色のいい綺麗な唇を小さく動かした。

「はい。知りたいです。良知さんについて、いろんなことを」

彼女の答えに心臓が力強く脈を打ち、熱く滾《たぎ》る。

「じゃあ、知って」

「……え？　んっ、う」

右手を彼女の指通りのいい髪に潜《くぐ》らせ、うなじまで伸ばしたところで顔を傾けキスをする。爽やかなシャンプーの香りがほのかにする。塞いでいる唇は柔らかく、甘い。

鼻梁を交差させようと動いた際に、七海があたふたと口を開く。

「待っ、食事が……っあ、ふ」

しかし、俺は腰を引き寄せ、瞬く間に唇を奪った。ほどよい弾力の唇をなぞり、小さな舌を絡め取る。ときおり、小さなリップノイズと彼女の艶っぽい吐息が零れ落ちる。力が入らない手で懸命に俺のスーツを掴んでいるのが可愛らしく、我慢できずに七海を抱き上げた。

「きゃっ」

「どうやら結婚してからの俺は、空腹よりも妻を優先する人間になったらしい」

困惑している七海をそのままベッドルームまで運ぶ。

こうして抱えているだけなのに彼女の身体に触れていると思うと、『もっと』と欲望が顔を覗かせる。

彼女をベッドに下ろすなり、俺は飢えた獣のごとく噛みつくようなキスをした。

直《じか》に抱き合いたい衝動が抑えきれず、隔てているものすべてが煩わしい。スーツの上着を脱ぎ捨てネクタイを引き抜き、ワイシャツも足元に放った。

改めて七海を見ると両手を合わせ握り、縮こまっている。挙句、きつく目を瞑っていて俺が見えていないようだった。

「怖い？」

自制してなるべく穏やかな声で尋ねると、七海は漆黒の瞳を露わにし、恥ずかしげに口元を隠しながら答える。

「まだ慣れていないから……少しだけ。でもそれよりも……良知さんの裸にドキドキしちゃって」

小声で「ごめんなさい」と添えて目のやり場に困っている七海に、つい笑ってしまった。

俺を男として意識している彼女を組み敷いているこの状況は、珠玉の時間だ。

彼女が嫌がっているわけではないとわかり、胸を撫で下ろすと同時に余裕ができる。

俺は七海のルームウェアのボタンに指をかけた。

「ふうん。七海は自分がこれから脱がされるかもしれないってことより、俺の姿に緊張してるのか」

一番上のボタンを外すと、七海は反射でルームウェアの襟元を握る。俺は細い手首を握って襟元から離すなり、自分の胸に彼女の手のひらを密着させた。

「え！　なっ、なにを」

「ほら。調べて。どこがどうなっていて、俺がどんな反応を見するのか。いろんなことを知りたいんだろ？」

「う……」

どうやら羞恥心と戦っているらしい。数秒かけて心を決めたのか、彼女は上半身を起こし、俺が強引に手首を掴んでいなくてもそのまま肌に触れ続けた。

七海は真剣な面持ちで、ゆっくり胸板から腹筋へと指先を滑らせていく。臍のあたりまで降りると、今度はわき腹のほうへ移動し、そこでうっかり声が漏れた。

「……んっ」

「ご、ごめんなさい！」

パッと手を引っ込め、焦った顔をこちらに向ける。

俺はというと、七海が自ら俺の身体に手を触れているだけで相当我慢を強いられていた。限界を超えそうになり、堪らず七海を押し倒す。

俺に影を落とされている七海は、眉根を寄せて瞳を潤ませる。

「あまり焦らすような触り方するなよ。俺の抑えが利かなくなって困るのは七海だぞ」

自分が陥落するのは、こういうタイプの女性だったのか。いや。たぶんほかの誰かじゃ同じ感情は湧かない。

七海じゃなきゃ――。

「んんッ……ふっ、ん……ぁ」

今さらの新発見に内心苦笑し、欲望のままに口づける。唇の次は、耳、首筋、鎖骨、胸。少し汗ばんだ肌に唇を寄せ、ときに吸いついて痕を残す。

その間、七海はずっと甘い声が出るのを我慢していた。

「さあ、俺を欲しがれよ――七海」

濡れた唇を小さく噛んで、七海はおずおずと俺の首に手を回す。

「……お願い、良知さん」

耳元でささやかれた直後、俺は完全に理性を手放した。

それでも指を絡ませて身体を重ねながら感じる七海の体温に、このうえない幸福感を抱いていることは、ちゃんとわかっていた。


「もうこんな時間……寝る前に食べるのもよくないですし、どうしましょう」

布団の中でデジタル時計を見ると、七海は困り顔で言った。

「んー。夕食抜く日があるのはめずらしくないし、明日の朝もらう。今日はシャワーを浴びてもう休もう」

これ以上、七海を振り回して疲れさせたくはない。明日も仕事だし。

俺は横たわりながら手のひらに頭を乗せて、七海の髪を掬って弄《もてあそ》ぶ。すると、彼女が目をぱちくりさせた。

「明日の朝って……」

「あ、もう今日か」

「いえ。そういうことではなくてですね。朝からもつ煮込みとかはどうなのかと」

「相変わらず気遣いがすごいな。平気だよ。七海の料理なら食べられる。ていうか、食べたい」

俺が一笑して言うと、七海は恥ずかしそうに耳まで赤くして俺の胸に顔を隠した。

俺は絹のような黒髪を指に巻きつけながら切り出す。

「今日のこと、まったく気にしてなかったよ。全面的に俺が悪かったから七海が気に病むことはひとつもない」

資料室でふたりきりになったときの話をした途端、七海が肩を窄めた。

「ですが、ちょっと冷たかったり乱暴なことをしてしまったなあと」

「全然。七海のこの細い腕じゃ、俺なんかびくともしない。あの程度で冷たいなどと言っていたら、世の中ほとんどが冷たい人間になるよ」

別にお世辞で言ってるわけではなく、本気でそう思っている。しかし七海は、俺が気を使って言ったフォローだと勘繰っているようで、窺いの眼差しを向けてくる。

慎重な七海の頬をやさしく撫で、微笑みかけた。

「オフィスでは公私を分けて、きっちり一線を引くのは社会人として当然ではあるけど、七海があまりに徹底しているから少し意地悪したくなったんだ」

「そうだったんですか？」

「ああ。ま、七海は周りに騒がれるのは絶対に避けたいっていうのはわかってる。だから秘密にすることに同意したわけだし、守るべきだとは思ってはいるんだけど」

そこまで話をしていると、急に七海の表情が変わったのを感じる。彼女は明らかに気まずそうな顔をして、目を逸らした。

「なに？　俺、変なこと言った？」

一向にこちらを見ない彼女に我慢できず、小さな顎をクイッと上げて強引に視線を合わせる。

「七海。もう俺たちの間に壁はないはずだろう？　どうしたんだ」

すると、七海がたどたどしく口を開く。

「その……結婚しているのを秘密にする理由が……」

「結婚相手が俺で、余計に騒ぎになるのが目に見えていて仕事に支障をきたすと思ってそうしたいって話だったろ？」

「実は、そちらの理由はそこまで重要ではなくて」

茫然として七海を見つめる。

「ほかにも理由があるってことか？　七海。ちゃんと教えて」

七海は俺を一瞥して、ぎゅっと目を瞑りながら言う。

「社内での良知さんの見る目が……変わる可能性があると思っていたんです」

「社内での俺を見る目？」

「私が社長の娘だと皆さんわかっていますし、結婚相手が私だと知れたら良知さんの実力で昇進しても偏見を持たれると考えてしまって。ほら、異例の昇進の噂もあったので。あなたの経歴や評価のマイナスになることは避けたいんです。だから」

彼女が抱えていたもうひとつの理由を聞いて愕然とした。

まさか俺の体裁をもっとも気にしていたせいだとは……。言われてみればそうか。

彼女は元から他人を優先して考えて行動する人だった。

「それであんなふうに必死になって俺を突っぱねたのか」

「……はい。ごめんなさい」

俺たちの関係を黙っていてほしいとお願いされ、俺が了承したときに七海はすごくほっとした表情をしていたのを覚えている。

あの瞬間、俺は自分の存在を隠されている気分にしかならなくて、心のどこかで悔しさと焦りを滲ませていた。彼女にとって、俺の存在はまだその程度のものなのだと突きつけられた気がして。

それが、全部俺を想っての行動だったなんて。

資料室でも、弱い力で俺に敵うわけもないにもかかわらず懸命に振り絞ったあの抵抗は、すべて俺のために――。

「てっきり良知さんは、私にはまったく興味がないからふたつ返事で承諾してくれたのかとばかり」

「興味がないだって？　まさか。俺は興味のない人間と一緒に暮らすなんてできない」

言下に否定すると、七海は驚きつつも面映《おもは》ゆそうにもじもじする。俺は七海の視界に入り込んで、彼女の目をまっすぐ見つめた。

「七海とはすでに入籍はすませたから、誰に邪魔されるわけもなく、俺たちのペースで距離を縮めていけたらいいと思っていた。でも多忙で共有する時間が少なくなりそうだとわかるなり、強引に俺の趣味に巻き込んだ」

「趣味……ウォーキングの話ですか？」

きょとんとして言う七海を見る限り、強引に誘ったと思ってるのは俺だけなんだろう。彼女は人に合わせること自体、めずらしいことではないみたいだから。

「そう。でもまあ、そんな悠長なことをしていたら、オフィス内で近藤さんと七海が接近しているのを見て青褪めたよ」

「あっ、あれは前にも説明した通り……」

「わかってる。でも今後、七海が独身だと思い込んでいる男たちがいつ口説き落とそうとし始めるかわからない」

妻がよその男の腕の中に今にも収まりそうな光景を目の当たりになどしていなければ、俺はきっとゆっくりしたペースを崩さなかったと思う。しかし、見てしまってからは、多少強引にでも、俺を夫として——男として意識してもらうために手段を選んでいられなくなった。

実はあの場面を思い出すと胸がムカムカする。ふたりの距離が近すぎて嫉妬が抑えきれなかった俺は、わざわざ一階下でエレベーターを降りて、階段で様子を見に戻ったくらいだった。そのあと再び下の階に急ぎ、偶然を装って七海とエレベーターに乗り合わせただなんて、七海には絶対に言えない。

おそらく七海は知らない。社内では『お淑やかで頑張り屋な社長令嬢』だと、多くの男性社員から密かな人気を集めていることを。

「よって約束を守れなくて申し訳ないが、俺たちの関係を公表したい」

俺が同じオフィス内にいる間に、牽制《けんせい》しておくに越したことはない。

「でも」

「俺は陰でなにを言われても動じない自信がある。そもそもKURコンサルの社員は家族同然で、仲間を本気で貶《おとし》めたりする人間はいないはず。そうだろう？」

梶浦社長の教示に従い、そう説得すると、七海ははっとした顔をして固まった。そのあと、「はい」とはにかんだ。

直後、彼女が再び困った顔つきをしてぼそっと零す。

「だけど社内で良知さんを見かけたときに、こっそり視線を送ってることとか気づかれたらからかわれそうですね……どうしましょう」

七海は眉根を寄せ、顎に手を添えて真剣に悩んでいる様子。だけど俺は、七海とは逆に頬を緩ませていた。

つまり、今まで気づかないところで密かに俺を気にしてくれていたのか。そんなことを聞いたら……可愛すぎて仕方がない。

「良知さん？　わっ」

悶絶する俺の顔を覗き込んできた瞬間、彼女の背中に手を回して抱き寄せた。

「うん。公表する判断は間違ってないな。だめだ。絶対に本気で狙ってくるやつが出てくる」

　これまで手を出されなかったのが不思議なくらいだ。ああ、梶浦社長が目を光らせていたのかもしれない。

　自分は幸運だったと思いを噛みしめていると、腕の中の七海が上目でジッと見て言った。

「良知さんって淡白な方だと思っていたのですが、だいぶ違いましたね」

　その指摘はもっともだった。

　当の本人である俺でさえ、ここまで夢中にさせられるとは予測していなかった。

「ああ。実は俺も驚いている」

　ぽつりとつぶやくように返したら、彼女は目をまんまるにし、それからふわりと微笑んだ。

5. しあわせなふたり

それから日が経ち、九月も半ばになった。

結論から言うと、現在社内では私と良知さんの関係は公《おおやけ》となっている。

そうなった経緯は、私たちがわざわざ結婚の事実を発表した……というわけではなく、お揃いの結婚指輪をつけ始めただけで瞬く間に知れ渡ったのだった。

「本当、未だに驚きの出来事です」

「まあ、うちは業務上いろんなアンテナ張ってる人ばかりだろうからねえ」

お昼前に合わせて外回りから戻る途中、偶然桜さんと会った私は一緒にオフィスに戻っているところだった。

私と良知さんの話題になり、桜さんはにやけ顔で続ける。

「しかも、社長令嬢の七海と社内一優秀と言われてる天嶺さんだもん。髪型変えただけでも噂になるレベルのふたりが同じ指輪をしてたら……ねえ？」

私はなにげなく自分の左手の薬指を確認し、照れ惑った。

「顔真っ赤にして初々《ういうい》しいなあ。その様子だと、政略結婚って言われてるけど実際は違うみたいね。ごちそうさま」

冷やかし交じりに言われて返答に困っていると、バッグの中からスマートフォンの着信音が微かに聞こえた。

「着信？　じゃ、私先戻ってるね」

「すみません。また今度ゆっくり」

桜さんと別れて立ち止まり、急いでバッグからスマートフォンを取り出した。ディスプレイに目を落とし、眉を顰める。

登録外からの着信だ。学生の頃だったら相手が不明だと怖くて出なかったけれど、社会人になると『もしかすると社内の人か、仕事関連の人からかも』と考えてしまう。

私は勇気を出して、応答ボタンに触れた。

「もしもし？　梶浦です」

『七海さん？　藤子ですけれども』

スピーカーから聞こえる声と名前に、思わずはっとする。

「おっ、お義母様！　はい。七海です」

電話にもかかわらず、姿勢を正して対応する。私は歩道の隅に移動してお義母様との会話に集中した。

『今、お時間あります？』

「申し訳ありません。あいにく今、外におりますので折り返しさせていただきたいのですが」

私は腕時計を見て考える。ちょうどお昼の休憩時間になるし、ここからオフィスまでは近い。どこか静かな場所へ移動して……。とにかくお義母様を優先しなくちゃ。というのも、お見合いの日以降、結納のときにお会いしたくらいでそれからは顔も出さずにいたから。

避けていたわけではなく、新生活に慣れるのに必死だったのと、あとは直接お会いする機会が中々設けられなかったためだ。

お義母様とは、お見合いの日はほとんど言葉を交わさなかった。結納も父同士が主に盛り上がって、私はときどき相槌を打つ程度で、直接お話をしたことがない。

連絡先を教え合った記憶はないから、きっとお義母様は父伝いに私の連絡先を聞いていたのだろう。仮に良知さんがお義母様から聞かれていたとしたら、私にひとことありそうだもの。

でも、本来なら私からお伝えしなければならなかったのよね。ああもう、私ってば……印象が悪くなってしまうじゃない。

『そうよねえ。まだお勤めされているんですものね』

すると、不穏な口調で言われて背筋が凍りつく。

「は、はい。あの、すぐにかけ直……」

『ところで七海さん。あなた、もしかして職場で〝梶浦〟の姓を名乗り続けているのですか？　先ほども〝梶浦〟とおっしゃってましたね』

お義母様の凛とした声色に、さらに緊張感が増す。私は直立不動でたどたどしく口を動かした。

「あ……それは良知さんにも了承を得……」

『でもそうね。もう家庭に入るのにわざわざ周囲の皆さんに呼び方を変えさせるのも申し訳ないかしらね』

言葉を遮る形で言われ、無意識に俯く。

『では七海さん。今度お会いするときは、お式について相談しましょう。退職すれば時間も多く取れて有効に使えるでしょう。そのあたりは良知から連絡を寄こすように言っておきますね。それではお時間のないときにごめんなさい』

「いいえ、とんでもないです。では、失礼いたします」

通話が切れて、ゆっくりとスマートフォンを耳から離す。

今の電話って……本当に結婚式についての相談だったかもしれないけれど、なんとなく私の近況を探っていたような節もあった気がする。

《通話終了》の表示を茫然として見つめ、胸に焦りが募る。

明らかに私へのお義母様の印象はよくなさそうだった。やっぱり結婚後、頻繁にお会いしに伺ったほうがよかった。何度か気になって良知さんに相談はしたけれど、『大丈夫』と返されたのを鵜呑《うの》みにしてしまっていた。

良知さんは忙しいから、中々ご実家に帰る時間が取れないのはわかる。だったら私ひとりででも訪問して、積極的に交流を深めるべきだった。良知さんからもコミュニケーションの重要さは教えられていたはずなのに。仕事のほかに、つい最近まで良知さんとの関係性も悩んでいたのもあって、つい疎かになっていた。

私はずんと落ち込んで、しばらくその場で項垂《うなだ》れる。

仕事でも一度失った信用を取り戻すのは相当難しい。でも、不可能ではないことも先輩社員や上司の仕事を間近で見て知っているつもり。マイナスからのスタートだけど、少しずつ信用回復に努めるしかない。……それにしても。

私はお義母様の言葉に引っかかりを覚える。

『もう家庭に入るのに』とおっしゃっていた。私は現時点で仕事を辞める予定はまだないし、良知さんも理解してくれていると思っていたのだけれど……。あれはもしや、お義母様個人の意見？　私に仕事を辞めて家庭を守るほうに専念しなさいと言いたかったのでは……。

良知さんからは、仕事については好きに続けていいと了承をもらっていたのもあり、今すぐ家庭に入るという選択は全然なかった。もちろん、子どもを授かった場合はまた別の話として。

そこまで考えて一瞬思考が脱線し、良知さんとの子どもの想像をしてしまった。顔が緩む前に我に返り、軽く首を横に振る。

とにかく、もう少しお義母様と交流を持って、お互いのイメージする将来設計の話をしておいたほうがよさそう。それと、なんとなく良知さんにはまだ話さないほうがいい気がする。私が良知さんに告げ口したみたいになるのは困るし……。良知さんにも極力余計な心配や迷惑をかけたくない。

そう心に決め、私は急ぎ足でオフィスに戻った。

翌日は土曜日。今日から三連休だ。

昨夜、良知さんの帰りは決して早くはなかったのだけれど、お義母さんのことを考えていたら眠ることもできず、彼が帰宅するまで結局起きていた。

そんな私を気遣ってか、良知さんは昨夜眠る前に『明日のウォーキングは中止してゆっくり寝よう』と提案してくれた。私は厚意を受け取り、アラームもかけずに眠りに就く。そして、ベッドのスプリングが沈む感覚で目が覚めた。

重い瞼を押し上げると、ベッドの縁に腰を下ろし、やさしい瞳を向ける良知さんと視線がぶつかった。

「おはよう。ごめん。起こした？」

「おはようございます。今は何時でしょう？　すみません、私ったら先に起きずに」

慌てて上半身を起こすと、彼はニコリと笑って言う。

「いいよ。今、九時になるところ」

「え！　もう九時ですか!?」

休日でもいつもなら遅くとも八時前には起きるのに。最近は良知さんの腕の中にいると気持ちが安らいで、つい深い眠りに落ちてしまう。

私は思わず寝癖などないかと手で髪を触り、おどおどと口を開く。

「良知さんはいつも通り起きていたんですね」

「ちょっと準備があったから」

「お仕事ですか？」

だったら、なおさらこんなにゆっくりしていられない。

自分の失態に落ち込みつつも、今はそれよりも良知さんを優先しなければとベッドから足を出して立ち上がろうとしたとき。

「七海。一泊旅行に行こう」

手首を掴まれて突然言われた言葉に驚いて、固まってしまった。

「最近、時間ができればもっぱら披露宴についての打ち合わせばかりだったろ？　気分転換だ。準備は着替えだけでいいよ。あ、着替えは念のため多めに用意してほしい」

「え。ちょっと、あの、ごめんなさい。寝起きでまだ頭がついていかなくて」

一泊って言っていたよね？　あまりに急で実感がまだない。

「これまで休日に一緒に遠出したことなかったし。昨日の夜に思い立ったんだ。付き合ってくれる？」

「もちろんです。早めに家を出たほうがいいですよね。急いで朝食の準備します」

「いや、いいよ。たまに手抜きしたらどうだ？　下のカフェでテイクアウトして、目的地までドライブがてら車で食べよう。七海、まだ食べたことなかっただろ？」

「ありがとうございます。一度食べてみたいと思っていたのでうれしいです。でも運転する良知さんは食べられないのでは……」

「ひと口サイズのサンドイッチをオーダーするつもりだから、七海が食べさせて」

「えっ！」

思わぬ提案に自然と声をあげてしまった。良知さんに食べさせる想像をして頬が熱くなる。

「は、はい……。わかりました。ところで、どちらへ行くんですか？」

「それは到着するまで秘密」

悪戯《いたずら》っぽく笑って言われ、私は目を瞬かせた。

良知さんって、こんなふうにも笑うんだ。いつもはしっかりしていて大人の魅力の詰まった人だけれど、ちょっと可愛い部分もあるのね。

「楽しみです。では準備しますね」

そのあと、私はふたりで遠出をするのが楽しみで、ドキドキしながら準備を整えた。

下のカフェへ先にオーダーしておいたものを出発時に受け取って、駐車場へ向かう。

行き先を秘密にされているので、どこへ向かうのかまったくわからない。都内から高速道路を利用し、道中の看板や標識から群馬《ぐんま》までやってきたのはわかった。

しかし、そこから山道を進むものだから目的地の見当がつかず、どこへ連れて行ってくれるのかとそわそわしていた。

東京を出て約三時間。到着したのは四万川《しまがわ》ダム駐車場。

車を降り、景色を目の当たりにして自然と声が出た。そこは奥四万湖《おくしまこ》が望める絶景の場所だった。

「真っ青な湖！　ここだと山々に囲まれているから、もう少しすると紅葉《こうよう》とのコントラストが美しいのではないですか？」

「ああ。一度、紅葉の時期に来たことはある。今回は急遽《きゅうきょ》プランニングしたから紅葉の時期には合わせられなかったけど、そのぶん空《す》いてると思ったんだ」

「紅葉！　想像しただけで綺麗な景色なのがわかります。緑でも綺麗ですもん」

「ちなみに橋から見下ろしたら、もっと湖が青く見えて綺麗だ」

「そうなんですか。それはぜひ見たいです」

思わず前のめりで返事をしてしまう。そのくらい、湖のコバルトブルーが美しい。

「でも悪い。今日は別の視点から楽しもう」

良知さんの言葉に首を傾げると、彼は微笑み返すだけ。

それからマイクロバスに乗り換え数分で到着したのは、湖のすぐそばにある広大な公園らしき場所。そこでライフジャケットを渡された。

「えっ。まさか……カヌーで湖上へ？」

上から見下ろしたいと話していたはずなのに、なぜか湖の上へと移動するとは思わず困惑する。

「内緒で連れてきたのは悪かった。だけど、七海に日常では出逢えない景色を見せたいと思ったんだ」

「……私、泳げませんよ？」

「俺、大学時代にマリンスポーツのサークル入ってたから知識と経験はある。ウォーターセーフティーの資格も持ってる。けど、大丈夫。川と違って流れが速いとかそういうのもないから。スタッフもいるし、俺がちゃんとサポートするよ」

良知さんの頼もしい発言により、私はライフジャケットを着用して安全と基本的な操船技術の説明を受ける。そして、数十分後には、壮観な景色に目を輝かせていた。

初めは怖かったけれど後ろに良知さんが座ってくれている安心感があったし、パドルの操作のコツを掴むにつれ、徐々に恐怖心も薄れて楽しさが増していった。今日は風も穏やかだったため、ゆったりと回れたのも大きな理由のひとつだと思う。

絵の具を溶かし込んだような真っ青な湖に浮かんでいると、水上のゆったりした揺れも加わってなんだか心が癒される。一周約四キロある奥四万湖の水上散策が終わる頃には昨夜悩んでいたことも忘れ、清々しい気持ちになっていた。

約二時間半後にスタート地点に帰って来た私たちは、車に戻る。

「初めは転覆したらどうしようとしか考えられなかったのですが、良知さんのおかげで安心して楽しめました。貴重な体験をありがとうございます」

「七海、初めは顔が引きつってたし動きも固かったもんな」

彼はわざとからかうようなことを言って、私の反応を面白がっている。しかし私は、カヌーに乗っていたときの胸が躍る感覚がずっと残っていて全然気にならなかった。

「すごく楽しかったです！　ハラハラしたり必死になったり、思い切り笑ったりして。いいですね、こういうの」

「そう言ってくれたらよかったよ。子どもみたいにはしゃぐ可愛い七海が見られて、俺も楽しかった」

今度は臆面もなく『可愛い』なんてセリフを言うものだから、私はまた別の高揚を感じつつ、恥ずかしくてさりげなく下を向いた。

「さて。さすがにお腹が空いたな」

良知さんがポンと私の頭に手を置いて、そう言った。

今の時刻は午後四時半。東京を十時頃出発し、まもなく車でサンドイッチやハンバーガーを食べたから、ちょうどお腹が空く時間帯。そのうえ普段使わない筋肉を動かした疲れからか、いつもにも増して空腹な気がする。

「確かに。運動しましたからお腹ペコペコです」

「だな。よし、移動しよう。すぐ着くから」

車で移動すること約五分。目的地があまりに近くて驚いた。

到着した場所は、雰囲気的にはキャンプ場みたい。木々に覆われ、外灯もところどころあるかなという場所。

車を降りた私がキョロキョロしていると、良知さんが説明する。

「今夜はここに泊まろう。グランピングってやつ。プライベート露天風呂もあるから」

「えっ。キャンプ場に？」

カヌーに続いてキャンプ経験も浅い私は、良知さんの説明に驚くばかり。受付を済ませて敷地内を歩いていくと、二階建てのコテージが見えた。

木造で窓が丸かったり屋根つきのテラスデッキがあったりと可愛い造りで、室内はどんなデザインなのだろうかとわくわくする。

私が外観に見惚れていたら、良知さんが私の手を取った。

「少し早いけど、食事の準備を頼もうか。バーベキューだから焼けるのに時間がかかるだろうし」

「はい。バーベキュー、楽しみです！」

手を繋がれただけで気分がハイになって、返事がやたらと大きな声になった。

デートってこういうものなのかな。自分ひとりでは選ばないであろうレジャーも、好きな人と一緒ならすごく充実した時間になる。一緒に暮らしているのに、長時間隣に座ってドライブしたり、ふいに手を繋がれたりすると、胸がときめく。

手のひらから伝わる良知さんの温度に、うれしいけど恥ずかしい思いを抱いて歩みを進め、コテージにたどり着いた。

ドアを開けると、中は木の温かみを感じられる部屋だった。電球色の照明がさらにリラックスできる雰囲気を演出している。

入ってすぐオープンステアの階段があった。その奥に広がるリビングルームは十畳以上あり、ふたりで利用するには十分な広さだった。

外からの見た目でイメージした通り素敵な室内で、ソファやテーブル、ハンモックまである。北欧風デザインの家具や調度品はコテージの雰囲気とマッチしていて、雑誌の記事などに出てきそう。

そうして十数分後には、スタッフがバーベキューの材料を運んできてくれた。その豪華さに驚く。シャンパンやシェフのサラダやスープ、デザートなども含まれていて、そのうえ、そのお肉や野菜を良知さんがグリルで焼いてくれたから、私は終始至れり尽くせりで過ごした。

お腹が満たされた頃には、すっかり陽も落ち夜になっていた。私たちは腹ごなしにあたりを散策することにして、ランタンを片手に静かな道を行く良知さんについていく。

すると、スッと空いた手を差し出されて、私はおずおずと手を重ねた。ドキドキするのをごまかすために、思いついた話題を投げかける。

「さっきの牛肉や鶏肉、野菜まで、全部地元のものなんですね。地産地消《ちさんちしょう》といえば、SDGsの観点からもいいと言われていますよね。地域活性化にも繋がると考えられていますし、とてもいいことですね」

「地域が活性化すれば当然経済も活発になるし、人が多く集まり続ければこれまで以上に品質を向上させようと地元の人たちの頑張る力に繋がるだろうしな。小さな積み重ねがそうやって大きな力に変化していくといい」

「小さな積み重ね……本当、そうですよね」

私も去年入社したばかりのときは、本当になにもわからず周りに迷惑ばかりかけていたけれど、今はあの頃よりは前進していると思いたい。地道に努力を重ねていけば、今日の自分よりも一歩成長した自分になれる。

私は希望の会社に入って仕事ができて、幸せだと思う。今後の人生を真剣に考えたとき、〝今〟しか得られない経験なら、少しでも多くを学びたい――。

「七海」

またうっかりお義母様のことを考えていてぼんやりしていた。取り繕って「はい」と返事をすると、良知さんは特に変わらない様子で微笑む。

「そろそろ戻ろう。七海の手が冷えてきた」

「夜になると結構寒いですね」

日中は暑かったのに、今は薄手のジャンパーでは足りないくらい。それでも、良知さんと手を繋いで自然の中を歩く時間が尊くて、『寒い』と口にはしなかった。

「七海、ちょっとこれ持っててくれる？」

私は良知さんに渡されたランタンを持った。なにをするのかと思えば、彼は自分の着ている上着を脱いで私の肩にかけた。

「これじゃ、良知さんが風邪を引いちゃいます」

「コテージに戻れば、部屋付の露天風呂がある」

良知さんは再び私の手からランタンを受け取り、当然のようにまた手を繋ぐ。

私はその手の感触と、肩にかけられた上着からほのかにする彼の香りを噛みしめ、幸せな気持ちで寄り添って歩いた。


「七海。ずっと背を向けて入ってるつもりか？」

良知さんに背中越しに言われ、「ごめんなさい」と肩を窄めて背中を丸める。

今、私たちがどういう状況なのかというと、露天風呂に一緒に入っているのだ。

事の顛末はこう。上着を貸してくれた良知さんに『先にお風呂へどうぞ』と促したら、彼が私に順番を譲ってきた。私もさすがに今回は受け入れられなくて、『風邪をひいては困るので』と丁重に断ったが最後、良知さんが口の端を上げて『いい案がある』と言い、同時に入ることとなったのだ。

当然お風呂では服もなにも着ていないから、にごり湯とはいえ恥ずかしくて良知さんに背中を向けている。

「今日は七海の後ろ姿ばかり見る日だな」

良知さんがため息交じりにつぶやいた。

私は緊張で心臓が騒いでいる中、どういう意味だろうかと考える。そして、カヌーに乗っていた話だとわかって、ちらりと顔を半分後ろに向けた。

「今日……とっても楽しい一日でした。ありがとうございます。本当にうれしかった」

これまで家族旅行と学校行事くらいしか、泊まりで遊んだことはない。だから、今回はどれもすごく新鮮で思い出深い旅行になった。

すると、良知さんが一瞬迷った感じで間を置いて、再び口を開く。

「昨日、七海の様子が少し変な気がしたから。解放的なところへ連れて行ったら気分転換になるかと思ったし、俺へも相談してくれる心境になるかなと考えた」

彼の話を聞き、目を見開いて固まった。

嘘。昨日っていうと……確かにお義母様について気にしていた。だけど良知さんが帰宅したあとはなるべく普段通りに振る舞っていたはずなのに。まさか気づかれていたなんて。

良知さんの観察眼に脱帽する。なにも言えずにいると、彼は静かに聞いてくる。

「なにかあったんだろう？　俺が直接助けてやれないことかもしれないが、話してくれたらうれしい。些細なことでも夫婦として聞いて力になりたいと思ってる」

まっすぐ告げられた救いの言葉に、いつしか恥ずかしさなど忘れ、彼を正面から見据えていた。彼もまた真剣な双眼をこちらに向け、逸らさずに距離を縮めてくる。

「七海。俺には遠慮はいらない。わがままを言ったりして困らせてくれたほうがうれしいんだ」

遠慮するのもわがままを言わないのも、私にとって苦ではなく自然とそうしてしまうこと。自分の本心は別のところにあっても、相手が満足してくれたらそれはそれで満たされる感覚だったから。

でも、私は良知さんと出逢い、特別な存在と認識してしまった。だから今では自分を優先し、我慢が利かなくなることもたびたびある。

「わがままを言われてうれしい、だなんて」

良知さんは奇特な人ね。

立ち上る湯けむりの合間に見える彼の瞳を見つめ、笑いを零した。

彼はさらにこちらへ近づくと、私の腕を掴んで引き寄せる。肌と肌が触れ合うほどの距離感で嘆願してきた。

「本当さ。七海にとってそれができる相手が俺だけなら、それ以上の喜びはない」

気づけばもう片方の手は腰に添えられていて身動きが取れない。

私は良知さんの真剣な双眼に観念し、ゆっくり口を開く。

「実は……。昨日、お義母様から電話が来まして」

刹那、良知さんの綺麗な形の眉が歪《ゆが》み、訝《いぶか》しげな声で返される。

「うちの母親から電話？　用はなんだって？」

「明確にはわからなくて。お式について今度話しましょうって通話を終えたのですが。きっと、私がいつまで仕事を続けるつもりなのかが気になっていたのではないかと」

一語ずつ丁寧に説明をすると、彼は相変わらず険しい顔つきのままぼやく。

「まったく。俺たちのことは黙って見守ってくれって再三言っておいたのに……。七海、悪かった。俺からまた言っておく。七海は気にしないで今まで通りでいい」

「いえ。とりあえずまだ、お義母様へはなにも言わないでいてください。私が自分の言葉できちんとお伝えしますから」

良知さんが私を助けようとして言ってくれたのはわかっている。しかし、初めから頼りすぎるのもどうかと思うし、なにより今後のお義母様との関係性に響く気がする。

「本来なら嫁いだ身として、お義母様の希望を汲み取るべきなのでしょう」

そもそも政略結婚はビジネスでもある。きちんと理解していたはずが、いつの間にか欲が出て、自分のことばかり優先している私にも非はある。

「七海」

知らぬ間に俯いていたらしい。私は彼の柔らかな声に誘われ、おもむろに顔を上げる。目が合うなり彼は私の身体をくるりと反転させ、背中から抱きしめてきた。

良知さんの胸に預けた背中が、温泉の温度以上に熱く感じる。腹部に回された彼の両手にもドキドキして、のぼせる感覚に陥った。

「上を見てみて」

耳のそばでささやかれ、肩を小さく上げて視線を空へ向ける。瞬間、これまで気づかなかったのが信じられないほどの、眩い星空が広がっていた。

「昨日が新月だったから、今日もまだ星がよく見える日だとは思っていたけど、想像以上だったな」

月が隠れているおかげで星の光が届いているんだ。文言通りの星の海に圧倒され、恍惚とした息を吐いて夜空を仰ぎ続ける。

「良知さんはどこまでも完璧な人ですね。こんなに素敵なサプライズまで用意していたなんて」

「いや……。実を言うと、こういうことをしたのは初めてだ」

すぐ後ろで照れくさそうにぼそっと零すものだから、思わず私は良知さんを見た。

私と良知さんとの間では、ほぼ百パーセント、〝初めて〟の経験は私だけと思っていた。だから、良知さんから初めてのことと言われてうれしさが込み上げる。

私はもう一度星を見上げて言った。

「まるで天の川みたいな星々……。新月って、新しいことを始めるのにいい日だと言われてますよね。願い事を書くといいって。あ、でも今日だと一日遅いですが」

「へえ。そういう話には疎いんだよな、俺」

自然に彼へ身体を預け、温和な心で星空を瞳に映していると不思議となんでもできる気持ちになってくる。

「私、まずはお義母様のこと、もっとよく知りたいです。良好な関係を築くには、相手をよく知るところから始めなきゃならないですよね」

苦手意識を持ってしまったらだめ。仕事でもなんでもそう。まずは勇気を出して踏み込んでみなければ。そうしたら、案外やりがいを感じたり楽しくなったり、プラスの結果に転じることってある。

「うん。願い事。私はお義母様をはじめ、天嶺家の方々とより仲良くなりたいです」

梶浦家でそうだったように。せっかく新しい出逢いと繋がりができたのだから、お互いを思い、支え合えるような家族になりたい。

「ありがとう。俺も同じ思いだよ。大事な人の家族は自分にとっても大事な存在だ」

良知さんの気持ちがうれしくて自然と笑顔になる。細めた目を彼に向けると、彼がふんわりとやさしく微笑み返してきて、忘れていた緊張が戻ってきた。

どうしよう。良知さんの笑顔は見るだけでいつも心拍数が上がるのに、今はこんな格好で密着体勢で……。沈黙すると心臓がバクバクいっているのが気づかれそう。

「あ！　確か新月の願い事は二個以上がいいんだったかな」

気持ちが落ち着かなくて、私はどうにか会話を絞り出す。

「ふうん。じゃあ、ほかの願い事もしとく？」

良知さんに言われてふたつめの願い事を考えたときに、瞬時に浮かんだ。

「これにします」

私は良知さんの手のひらを借り、自分の指で〝夫婦円満〟の文字を書く。書き終わると恥ずかしさが増してきて、笑ってごまかす。

「本当はペンで書かなきゃならないはずなんです、が――」

気づいたら頬に手を添えられていて、唇にちゅっと軽いキスを落とされた。良知さんは回している腕に力を込めて、私を抱きしめる。

「好きだよ、七海」

澄んだ空気の中、彼が唱えた言葉が星空に消えていき、私たちはもう一度唇を重ね合った。


連休中に悩んでいた気分は晴れた。それは全部、良知さんのおかげ。

休日の間に良知さんからお義母様について、失礼のない範囲で話を伺った。話を聞いていくと、お義母様もまた政略結婚だったらしい。短大を卒業後すぐ天嶺家に嫁いだのだという。それからずっと内助《ないじょ》の功《こう》に徹してきた人だと良知さんが教えてくれた。

天嶺家ではそれが暗黙の了解なのかと思い、それとなく良知さんに確認してみたけれど、彼自身はまったく気にしていない様子で、仕事を続けるのも家庭に入るのも私の気持ちを尊重すると言ってくれた。

そして連休明けの今日。私は仕事を終えたあと、久しぶりに実家へ足を向けた。なんとなく、お義母様のことを考えているうちに母とも話したくなったのだ。

とはいえ、もちろん母に会いたくなった理由は明かさず、単に顔が見たくなったという体で実家を訪問した。

「おかえりなさい」

嫁いでも変わらぬ母の出迎えに懐かしさを感じ、笑顔で応える。

「ただいま。ごめんね、急に。なんか……お母さんの料理が恋しくなっちゃって！」

「そう言われると私はうれしいけど、良知さんは大丈夫なの？」

「うん。良知さんは今日も帰りは遅いって言ってたし、私がここへ寄る話もちゃんとしたから平気よ。ゆっくりしておいでってメッセージも来てた」

「そうなの。やさしいわね。さすがお父さんのお墨付きのお婿さんね」

良知さんが褒められるのを聞き、なぜかこちらが照れてしまう。私ははにかみながら、母のあとに続いてリビングへ向かった。

玄関でも料理のいい匂いがしていたけれど、リビングへ入るといっそう美味しい香りが立ち込めていて頬が緩んだ。

リビング内に父の姿はない。まだ帰ってきていないのがわかると、ちょっぴりほっとした。父には申し訳ないとは思いつつ、やっぱり相談事は母のほうが気兼ねなくできるから。ただ、今日は『相談がある』とは言ってはいないから、どうやってさりげなく話題を持っていけばいいか……。

私が考えあぐねている間に、母はキッチンに行き、グラスに冷たいお茶を用意しながら聞いてきた。

「それで、今日はなにを話したくて会いに来たの？　さっきの雰囲気なら良知さんとケンカっていう感じではなさそうね」

「えっ」

「だってそんな理由でもなきゃ、わざわざ平日の仕事のあとに来ないでしょう？」

母はダイニングチェアに座る私の前にグラスを置き、向かいの席に腰を据えた。

まさか向こうから核心をついてくるとは思わず、心底驚いた。大人になっても、やっぱり母には敵わないなと苦笑する。

私は出されたグラスに両手を添え、お茶を見つめながらぽつぽつ話し始めた。

「あのね？　結婚前にきちんと話をしていなかった私が悪いんだけど……。結婚したなら一日でも早く家庭に入ったほうが周りは安心するのかな……って」

「良知さんからなにか言われたの？」

「ううん。良知さんはなにも！」

あらぬ誤解を招きかけて、ちょっと強めに否定してしまった。すると、母はピンと来た様子で「ああ」と零す。

「もしかして、あちらのご両親？」

あまり深刻そうに話してしまうと、母の中で無意識にお義母様の印象が悪くなりかねないと想像し、穏やかな口調を心がける。

「まあ……なんかお義母様からそんな雰囲気を勝手に感じただけなんだけど」

母は憤慨したり嘆いたりせず、普段の柔らかい雰囲気のまま言った。

「私は藤子さんよりも歳は下だけど、私たちの時代はきっと女性は家庭を守るっていう風潮が残っていたんだと思うわ。もっとも、それに関して疑問を持つ女性はまだ少なかっただろうから、普通に受け入れて過ごしていくのよね」

確かに母はずっと家にいてくれた。今思えば、帰宅して母が『おかえりなさい』と毎日迎えてくれるのはうれしかったな。

「七海もわかってくれていると思うけど、お母さんはお料理も裁縫も好きだから、家にいてお父さんや七海のサポート役に回るのは苦じゃなかったの。そういう性格じゃなかったら、家でおとなしくしていられなかったかもしれないわね」

サポート……今の私の担当業務と一緒だ。

私も今、細々《こまごま》とした業務がメインでサポートに回っているけれど、苦しいと思ったことはない。自分の仕事で周囲が円滑に仕事を進められるならと、やりがいをそこに見出していたりさえする。

もし、お義母様も母と同じように家庭を守る役目に苦を感じず、私と同様やりがいと誇りを持っているとしたら……。抑えつける意図はまったくなくて、善意で言っていただけなのかもしれない。

私もきちんと今の仕事についてどう思っているか話したこともないし、家庭に入るのもまた充実しているものだと教えてくれようとしただけだったりして。

「なにごともひとつの側面だけから見ていたら本質を見抜けないもんね」

思い込みで物事を進めるといけないと、前に仕事でも痛感したんだった。改めて広い視野を持ち、先入観を持たずに向き合わなければいけないと気づかされる。

具体的になにか解決策が浮かんだわけではなくても、心持ちが変わると景色が変わって見える。

「お母さん、七海のこと初め心配してたの。それで前に電話したりしてたでしょ？だけど、便りのないのはよい便りって言うし、うまくやってるんだと思って連絡するのをやめたのよ。その通りだったみたいでよかったわ」

母は私を見てにこやかにそう言った。

「え……。でもこうして結局相談に来ちゃってるし」

「お母さんが言っているのは、夫婦の話。良知さんとうまくやっているのね」

私は照れくさくて破顔する母を直視できないまま、一度頷いた。

「うん。とてもよくしてもらってる。今ではお見合いした相手が良知さんでよかったって思ってるの。だからお父さんにも感謝してる」

「七海、表情が柔らかくなったし明るくなったものね。本当よかったわ。良知さんに感謝しなきゃ。今度ゆっくりふたりで夕食でも食べにいらっしゃいね」

母の目から見て、私がそういうふうに変化して見えるのならそうなのだろう。

照れ交じりに「ありがとう」と答えたときに、スマートフォンが鳴った。バッグの中からスマートフォンを出して確認すると、良知さんからのメッセージ。

「あ、私が帰る時間に合わせて良知さんが迎えに来てくれるみたい」

「まあ。本当にいいご縁だったのね。ほら。旦那様を優先して、もう支度しなさい。うちにはまた休みの日にでもゆっくり来ればいいんだから」

母にけしかけられ、私はメッセージで良知さんに迎えをお願いした。母は手際よくお手製のおかずを保存容器に詰めて、手土産に持たせてくれた。


今週は火曜スタートなのもあり、あっという間に金曜日になった。

あれから、お義母様と直接やりとりする機会はないまま過ごしている。しかし、今週末の日曜日に良知さんのご実家へ伺う約束にはなっていた。

どうやら良知さんのほうへお義母様から連絡がきたらしい。私に直接電話がかかってきた際に、確かにそのようなことを言って通話を終えていた。

良知さんや母に胸の内を話して心は軽くなった。けれども、お義母様とわかり合うためにどうしたらいいいか、具体的に案や策はないために時間が経過するにつれ、焦る気持ちも募っていた。

たとえば私が仕事で良知さんと対等に渡り合えるほどの実力を持ち合わせていたら、それなりの評価や結果があって説明がしやすい。でも現実の私は彼の足元にも及ばない。人の頑張りは可視化できるものでもないだけに、納得してもらうのは難題だ。

無意識にため息を零しそうになるのをすんでのところで堪えて、データ内容と向き合う。そのとき、同部署の社員に声をかけられた。

「梶浦さん。一階インフォメーションから内線だよ。二番ね」

「はい。内線二番ですね。ありがとうございます」

笑顔で対応したものの、私は約束している相手もいないし、心当たりすらない。首を捻りながら、受話器を耳に当てる。

「お電話代わりました。梶浦です」

『インフォメーションです。ヤカタ企画の舘林《たてばやし》様がロビーでお待ちです』

「え？　私に、ですか？」

なにかの間違いではないかと聞き返してしまった。ひょっとして、父と間違えていたら大変だ。

『KURコンサルティング、サポート課の梶浦さんと承《うけたまわ》りましたが』

「そうですか。私で間違いないですね。すみません、わかりました。今向かいます」

内線を切り、部署内にいる先輩に断ってロビーへ向かう。エレベーターの中で、来客の舘林さんの記憶を必死に探す。

ヤカタ企画？　うちと取引はあったとは思うけれど、私がアサインされているプロジェクトには関わりがなかったような……。

結局一階に着いてからもはっきりせず、不安な心境のままロビーへ向かう。受付の女性に声をかけると、エントランス近くのソファにいると教えてもらって、舘林さんという人を探した。すると、ひとりがけソファに座っている女性を見つけ、おずおず近づく。

「梶浦と申しますが、舘林様でいらっしゃいますか？」

「はい。そうです」

返事をした女性はすっくと立ち上がった。

ストレートのロングヘア。少しきつく感じられる切れ長の目に委縮してしまう。やっぱり初対面だと思う。なぜ私を知っているんだろう。父と交流があって私を知っていた……とかなら納得できるけど、呼び出される理由がわからない。

「お世話になっております。KURコンサルティングサポート課、梶浦七海です」

とりあえず私は頭を下げて名刺を渡す。通常なら相手も名刺を差し出してくれることが多いのだが、彼女は受け取るだけで名刺を出すつもりはないらしい。

「あの、私になにかご用でしょうか？」

「KURコンサルティングの社長のひとり娘で、父親の会社にコネ入社。条件は私と同じだわ」

突然高圧的な態度を取られ、唖然とする。言葉を失っている間に、彼女はさらに続けた。

「私の父が天嶺社長ともっと親しくなれていたら、彼の隣にいたのは私だったかもしれないのに」

天嶺社長と？　『彼』っていうのは良知さんのことよね。彼女は良知さんの知り合い？　というか、良知さんに対して一線を越えた感情を抱いているんだ。だから私に対してこんなにも敵意を向けて……。

頭の中で少しずつ状況を理解していってはいるものの、まだ言葉は出てこない。

オフィスビルで、しかも勤務中にこんなことに巻き込まれるとは想像もしなかった。

彼女の鋭い眼差しにたじろぐ。

なにを言っても神経を逆撫でする気がする。どうしよう。インフォメーションまでちょっと距離があるし、ひとりで切り抜けられるだろうか。さすがに暴力を振るわれることはないとは思うけれど……。

彼女の動向を気にしつつ、一定の距離を取る。

「どうせ入社同様、父親の力を借りて彼に圧をかけて縁談をまとめたんでしょ。世間知らずのお嬢様がやりそうなことくらい想像できるわ」

不躾《ぶしつけ》な発言にも度肝を抜かれたが、言われた内容はあながち外れていないのもあり、引き続き口を噤んだ。

入社云々は事実とは異なるが別に彼女にどう思われていても問題ない。ただ良知さんとの結婚は、私が望んだことではないにしろ、確かに父がきっかけだったためになにも言えないと思った。

それに、おそらく彼女も良知さんへの気持ちをどうしようもできなくてわざわざ私のことを調べてまでここに来ているんだろうと考えると、得も言われぬ気持ちになる。

私が終始だんまりだからか、彼女は余計に怒りが収まらない様子で続けた。

「おとなしそうなタイプが一番厄介なのよね。虎視眈々《こしたんたん》と機会を窺って、したたかに欲しいものを手に入れる。自分の力を使わず人の力を頼って」

私は気が重いながらも、どう言えば彼女を傷つけずに自分の気持ちを伝えられるか考えながら、ゆっくり口を開いた。

「父の判断での縁談だったのは事実です。でも……私も自分なりに勇気を出して良知さんに手を伸ばしたんです。誰かに後ろ指をさされるようなことはありません」

「自分本位な人間は、そんなときでも自分を肯定するものだと思うわ。周りが見えない奥さんで天嶺さんが可哀想」

私のことを自分本位とかなにを言われても気にならない。だけど、良知さんを可哀想呼ばわりには引っかかりを覚える。

反論するべく息を吸い込んだ瞬間。

「天嶺さんって、天嶺良知？」

突如、別の女性が私たちの会話に入ってきて、私は目を剝いた。スレンダーなスタイルに、垢抜《あかぬ》けたスーツ姿。凛とした雰囲気に思わず目を奪われるカッコいい女性だ。

舘林さんを見ると困惑しているみたいだった。彼女にとっても面識のない人らしい。

……あれ？　この女性、どこかで――。

私がなにか閃きかけたときに、女性が私たちの間に立って言う。

「そちらのご令嬢がお父様の権力で無理やり結婚まで漕ぎつけた、と。だから、良知は可哀想……面白い話ねえ。あなた、可哀想だったの？」

最後に疑問符をつけて放たれた言葉は、明らかに私や舘林さんに向けられたものではなかった。女性の視線の先を辿り、先に反応を見せたのは舘林さん。

「あっ、天嶺さん……！」

舘林さんが口にした通り、こちらにやってきたのは紛れもなく良知さんだった。

彼は私に視線を送ったのち、ため息をついて答える。

「誤情報です」

うんざりした様子の良知さんに、舘林さんはさっきまでとは違い慌てふためいて必死に釈明し始める。

「ちっ、違うんです。その、だって、天嶺さんが不本意な結婚をされているんだとわかって、私つらくて」

「支離滅裂ね」

聞くに堪えないとでもいったように、女性があきれ交じりに言い捨てる。

私はその女性が良知さんの隣に立ったのを見て確信する。

やっぱりこの女性は以前良知さんが、歳の近い叔母だと説明してくれた菫さんだ。

愕然としている私をよそに、舘林さんが捲し立てる。

「あなたはどなたですか？　勝手に人の話に割り込んで失礼です！」

「あら。ごめんなさい。ついね。あなたが私の作ったスーツを着てくださっていたから目に留まっちゃって。そしたらおかしな話をしていたものだから」

「作ったスーツ？　なにを言ってるんですか？」

怪訝な顔で聞き返す舘林さんに、菫さんは悠然として言った。

「それはうちの――『SPINING《スピニング》』の代表ブランド『ビオラ』の洋服。間違いないわ。

私は自分でデザインした服は絶対に忘れないの」

ビオラって、女性に人気の国内で有名なアパレルブランドだ。働く女性向けのデザインが多くて、私も何着か持っている。まさかそこのデザイナー兼経営者が、良知さんの叔母様だっただなんて。

菫さんは腕を組み、良知さんに淡々と告げる。

「ビジネスにおいて情報の正確性は必須。ひいては日常生活にも必要なこと。良知、課題解決だけでなくきちんと基本を見直すよう、クライアントに提示なさい。それがプロの仕事でしょう。出向している身だからとかは理由にならないわよ」

「おっしゃる通りです。肝に銘じます」

良知さんは至って落ち着いた態度で返事をして、私の前に移動してきた。

「七海。なぜ舘林さんとここに？」

端的に質問されて、私は舘林さんの前で正直に言っていいものか迷いつつも答える。

「その……彼女に呼ばれましたので」

視線を落として小さく言うと彼は大体を察したのか、それ以上はなにも質問を重ねなかった。

「そう。わかった。今回のお詫びに早く仕事を終わらせるから、今夜はディナーにでも行こう。七海が好きそうな店を予約しておく」

極上の笑顔で言われ、なにが起きているのかと彼を瞳に映したまま静止した。

良知さんはオフのときにはよく笑ってくれるけれど、オフィスでは笑顔は皆無。出逢ったときと同様に厳しい印象はそのままだ。だから、人前では絶対に見せないはずのやさしい視線と甘い声に驚いて硬直してしまった。

「舘林さん。本日はお約束をしていないはずですが。わたしに仕事上の用件があるのでしたら、正式にアポイントメントを取ってください。それとも、仕事以外のご用件でいらしたのですか？」

「わ、私……天嶺さんのためと思って」

打って変わってビジネスライクに戻った良知さんに、舘林さんはしどろもどろになって今にも泣きだしそうだった。

良知さんは彼女に構わず、バッサリと突き放す。

「それは随分傲慢《ごうまん》ですね。わたしはあなたになにかを依頼した覚えはありませんが」

そうしてふいに私の肩に手を乗せると、身体を引き寄せてきた。

「すみませんが、妻と今夜デートをするため、急いで仕事をすませなければなりません。正式なお約束もないですし、お引き取り願えますか」

冷ややかに言い放つと、舘林さんは真っ赤な顔で瞳を潤ませ、すぐさまエントランスに向かって駆け出していなくなってしまった。

しんと静まり返る中、沈黙を破ったのは菫さん。

「すごい場面に遭遇しちゃったわ。貴重な体験ね。どうして良知には昔からああいうタイプが寄ってくるのかしら。あ。余計なことを言ってしまったわね」

彼女はそう言って私に笑いかけた。

「は、初めまして。わたくし、七海と申します。先日、良知さんと入籍をしまして、現在もここKURコンサルティングで働いております」

名刺を差し出すと、董さんはスッと名刺を用意して交換してくれる。

「初めまして。司馬《しば》董です。SPININGの代表兼デザイナーやってます。御社には甥とともに当社グループ会社がお世話になっております」

「えっ」

思わず声を漏らしてしまった。

うちの会社って、董さんのグループ会社と取引があるの？　私自身は入社二年目の若輩者とはいえ、父が社長という立場なのだし、なにより夫である良知さんの親戚なのに、『知りませんでした』と軽々しく打ち明けられない。

居た堪れない気持ちでいると、良知さんがフォローしてくれる。

「気づかなくても無理はない。契約はSPININGの子会社だから社名が違う」

「でも私は七海さんのこと知っていたわよ。仲のいい甥の結婚相手だっていうし、やっぱり興味はあるじゃない？　あなたのこと気になってちょっとだけ調べちゃった」

「そういう意味深な言い方はやめてください。七海が怖がるでしょう」

ふたりのかけ合いを茫然として眺めていると、董さんが右手を差し出してきた。私は戸惑いつつも手を伸ばし、握手を交わす。

「七海さん、随分仕事熱心な人なのね。各店舗へリサーチに回ってくれていたのが梶浦さんだと報告書の名前で知りました。なんでも、足繁《あししげ》く回ってくれていたと」

私はようやくどの案件かが繋がって、丁重に頭を下げる。

「もったいないお言葉です。私はただ必要なことをしていただけで」

「ユーザーと同じようにデータ調査をする人とも会話を重ねることは、私が理想とする共創《きょうそう》による商品開発へ好結果をもたらすでしょう。そういうコミュニケーションを自然とできる人材は大事よ」

菫さんはやっぱり立ち居振る舞いや言動の端々《はしばし》から会社を経営し、最先端の道を進む人なのだと伝わってくる。

「うちの社内でもクリエイティブスタッフと販売スタッフの繋がりを大切にするよう通達していてね。あ、もちろんユーザーが一番よ。というわけで、七海さんとも話がしたかったのよね。善は急げって言うし、今夜いいでしょ？　良知」

「え？」

仕事関連の話かと思いきや、なんだか違う方向にいった気がしてきょとんとする。

理解が追いつかない私の横から、良知さんが眉根を寄せて返した。

「さっきの話を聞いてなかったんですか？　俺たちは今夜予定があるんです」

「でも姉さんと七海さんの件を早く収めたいって相談を持ちかけてきたのはそっちじゃない」

お義母様と私の件って……もしかして良知さん、私がお義母様とのことでずっと気を揉んでいるから菫さんに相談してくれていたの？

「それはそうですけど……はあ。空気を読んでほしい」

良知さんが面白くなさそうな顔でぼやく。ふたりを見ていると、本当に仲がいいのだなとわかる。

私は思わず笑ってしまい、ふたりはこちらを見て目を丸くした。そんな表情すらも似ていて、さらに微笑ましく思った。

「だけど、私もそろそろ本人に会ってドレスのデザインをしたいと思ってたのよ？」

菫さんが続けた言葉に驚いて、良知さんを凝視する。

「ドレス……？　それって、まさか」

私のつぶやきで心中を察した良知さんは一度頷き、申し訳なさそうに口を開く。

「こんな流れで話すつもりじゃなかったんだが。初めは母の提案で。だけど俺も菫さんの経歴と腕のよさは知っているから、菫さんに依頼して七海を驚かせようと」

少しばつが悪そうに、軽く瞼を伏せて頭を掻きながらそう言った。

良知さんの表情を見て、はっとする。

あのとき、董さんからの着信があった日。良知さんは通話をしながら私を見て後ろめたそうな顔をしていた。あれって、ウエディングドレスについて、まだ私に秘密にしていたからあんな態度を……？

どんなタイミングで知らされたって、私をびっくりさせて喜ばせようとしてくれた気持ちがわかるからうれしい気持ちしかないのに。

「こんなに有名な方にドレスを作っていただけるなんて、とても光栄です。董さん、良知さん、ありがとうございます」

今ここにふたりきりだったなら。ここがオフィスじゃなかったなら、私は絶対に良知さんに抱きついていたに違いない。


日曜日は、とても気持ちのいい秋晴れだった。

午後になり、私は良知さんと一緒にご実家に向けて出発した。

緊張はもちろんしている。だけど、隣にいる良知さんはいつも通り心強い存在感で安心をくれるし、自分の思いも確立しているので怖くはなかった。第一、今日会いに行くのは大好きな良知さんのご両親なのだから、緊張はしても怖いだなんてマイナスな心境になるわけがない。

そうして車で移動し、天嶺家に到着する。昨日用意しておいた手土産を持って、広い敷地を歩いて玄関へ向かった。良知さんが玄関を開け、「ただいま」と中へ足を進める。すると、即座にやってきたお義母様が憤慨していた。

「良知。一体どういうことですか。菫まで来るなんて聞いてませんよ」

玄関には女性ものの靴が一足揃えられている。どうやら菫さんはすでに天嶺家に来ているようだ。

実は今日菫さんも合流すると、私は金曜日に話を聞いていた。しかし、お義母様へは事前に知らせていなかったのだと思う。だからお義母様は怒っているのだろう。

「披露宴の話を詰めるなら、いてもらったほうがいいだろ。菫さんには七海のドレスをお願いしているんだから、納期とかその場で相談したほうがレスポンスも速くすむ」

良知さんはあっけらかんと返すものの、お義母様はまだ納得いってない面持ちだ。

途中で奥からやってきていたお義父様が感心気味につぶやく。

「以前よりもさらにきっちりとして、行動に無駄がない。出向の成果か」

そこにすかさずお義母様が苦言を呈《てい》する。

「あなたは良知のことをまだ完全にわかっていませんね。良知は単純に効率を考えたのではなく、〝味方〟を増やしたかっただけですよ」

お義父様が「味方？」と不思議そうな声を漏らすと、つんと顔を背けて言い捨てる。

「〝外で働く女性の味方〟です」

「わかっているなら話は早い。彼女に自分の生き方を当然のように押しつけるのはやめてくれ」

良知さんが単刀直入に言ってしまうのを聞いて、内心動揺した。

私はそういうふうに思っているわけではない。大体、そんな言い方をすればケンカになってしまいそう。

不安を抱いていた矢先、お義母様の矛先がこちらに向けられた。

「良知を盾にして、都合のいい結果だけ待っているのかしら。七海さんはおとなしい方と思っていましたが、意外に賢いんですのね」

「母さん！　どうしてそういう言い方しかできないんだ。ごめん、七海。機嫌が悪いといつもこういう感じだから。虫の居所が悪いだけなんだ。気にしなくていい」

「藤子。少し落ち着け。七海さん、すまない。とりあえずどうぞ中へ」

良知さんに続いてお義父様も気を使ってくれたけれど、私はどうしても今伝えたくて、お義母様をまっすぐ見つめて言った。

「私はお義母様が目標で、目指すべき存在です。その気持ちに偽りはありません」

お義母様は意表を突かれたようで、ぽかんと固まってしまった。

このまま続けて言うべきか迷いつつ、私は胸の内をゆっくり伝えていく。

「手入れの行き届いたお家を拝見しまして、大切な取引先の方やご友人などをいつでも招けるようにすべきなのだと学びました。またその際には、おそらくご挨拶の手紙やお品の手配など、細かいところまで気を配っていらっしゃるのだと拝察いたします」

「なにを……私はお世辞を真に受けるほど単純ではありませんよ」

お義母様はそっぽを向いてしまった。けれど、お世辞のつもりでもなんでもない。

「私もそんなお義母様に一日でも早く追いつきたいのですが、なにぶん知識・勉強不足と痛切に感じており……。良知さんを支えるためにも、今与えられている環境下で得られるものをひとつでも多く習得したいと精進しております」

深々と頭を下げる。すると、お義母様の声が返ってきた。

「そうは言っても、家庭と仕事の両立は簡単ではないはずです」

お義母様のおっしゃることも正しい。でも……。

「仕事を通じて得られるものは知識や経験だけじゃない。人脈も広がる。俺は彼女に仲間との貴重な時間を大切にしてほしいんだ」

良知さんが真剣な声音で言ったあと、廊下で聞いていたのか菫さんが突然現れてさらに言葉を重ねる。

「そう。それに、私ももう少し七海ちゃんと仕事してみたいのよ。経験や技術も大事だけど、丁寧で柔軟な若い思考もまたいいのよね」

「菫。なんですか、あなたまで」

「ねえ、藤子姉さん。もうとっくに女性は居場所を選んでいい時代になったのよ。仕事でも家庭でも好きなほうを自由に選択できる」

「私の生き方が間違ってるとでも言うの？」

お義母様が険しい顔をしてすぐさま反論する。さらに火に油を注ぐように、良知さんが言う。

「そうじゃない。ただ自分の価値観を押しつけるのが間違いだと言ってる」

「なっ……良知、あなた！」

一触即発になりそうな雰囲気に耐え切れなくなって、私は思い切って声を上げた。

「あっ、あの！　私、考えたんです。聞いていただけますか……？」

これまでおとなしい印象だったはずの私が挙手して大きな声を出したものだから、みんなが一斉にこちらに注目する。ものすごく勇気がいったけど、一度唇を引き結んですうっと息を吸った。

「お義母様は私に、天嶺家に嫁いだのだからきちんと良知さんを支えるようにとお電話でお教えくださったのだと思いまして」

気を緩めたら目を逸らしてしまいそうなほど、心臓が大きく脈打って緊張している。だけど、これはきちんと顔を上げて伝えなければならない。

私はお義母様をまっすぐ見続ける。

「お義母様はこれまで天嶺家を支えていらした、いわばエキスパートです。尊敬しておりますし、本来嫁いですぐ同じように受け継ぐべきだったのかもしれません」

「七海」

途中、私を心配して良知さんが声をかけてくれたのを、私は小さく首を横に振って『大丈夫』と合図した。

お見合いをして結婚することが決まり新生活に慣れるまで、余裕がなくて仕事と家庭とどちらを取るべきなのかという問題まで考えが及ばなかった。恥ずかしながらお義母様に気づかせてもらい、ようやく真剣に自分の心と向き合えたのだ。

その答えは、私の口から直接伝えたいと思っているから。

「けれど私は、未熟な自分だからこそ今は与えられた場所で、得られることを真剣に学びたいと思っています」

訝しげに眉を歪めるお義母様へ、さらに言葉を紡ぐ。

「いつか、その環境が家庭へと変わっても同じ気持ちです。精いっぱい家庭を守りたいと思っていますし、どんなときでも全力で良知さんを支えます。どうか、寛大なお心で見守っていただけないでしょうか」

人生で唯一願い出たのは、父の会社に入社したいというものだった。今、それに次いで……ううん。そのときよりも強く思っている。

とても素敵で才能のある良知さんの隣に立てるような自分になりたい。

新たな目標がはっきりした今、この先のすべてのことを頑張りたいと宣言できる。

再び頭を下げた私に、お義母様は「ふう」とひとつ息をつく。そして、さっきまでとは違い穏やかな声を出した。

「見かけによらず芯が強い……。そういうことなら、わかりました。ですが往々にして女性は妊娠・出産・育児と諸々風当たりが強くなったりしますから、決してひとりで抱え込んで無理のないように」

「……は、はい」

思いも寄らない言葉をもらい、返事をするまでに少し間が空いてしまった。

「良知。七海さんの意志を尊重するなら、あなたもきちんと家事をしなさい。七海さんにばかり負担をかけるのはいけませんよ。夫婦に必要なのは思いやりです」

「わかってます」

良知さんが、ほんの僅かにばつが悪そうな顔をして答えた。その次に口を開いたのが菫さん。

「じゃあ、そっちの話はまとまったところで、さっそくドレスの打ち合わせをしましょう。良知、ちょっと手伝って。山のように資料があるから」

彼女は良知さんを引き連れ、いそいそと奥の部屋へと消えて行ってしまった。

「まったく、菫は。まるで自分の家のように」

ふたりの様子を見届けていたお義母様がぽつりとつぶやき、歩みを進める。私は玄関でぽつんと立ち尽くしていた。

そんな私に声をかけてくださったのが、お義父様だ。

「七海さん。どうぞ上がって」

「ありがとうございます。失礼いたします」

一礼して上がらせていただき、膝を折って靴を揃える。再び立ち上がると、お義父様が先導してくれた。一歩後ろをついて歩き始めた直後、お義父様が言う。

「今回のこと、わたしはなにも知らず申し訳ない」

「いえ、そんな。……実を言いますと初めは戸惑いましたが、自分がどうしたいのかを改めて考える機会になってよかったと思っています。お義母様のおかげです」

私が本音を伝えると、お義父様は足を止めてこちらを振り返った。

「藤子は昔、短い期間会社勤めをしていてね。入社まもなくして良知がお腹にいるのが判明し、いろいろ思い悩んだ末に退職してしまったんだ」

私は目を大きく見開いた。良知さんからは、お義母様は就職した経験がないと聞いていたから。

「三十年も前のことだからね。会社も身内も藤子におとなしく家で過ごすのが当然だろうと言い続けた。おそらくそういう経験をしたから、七海さんには同じ思いをさせまいとして」

さっきお義母様から最後にかけられた言葉を聞いたとき、違和感を覚えたけれどこういうことだったのだ。お義母様の隠れた心遣いを知って、胸の奥が熱くなる。

「わたしも藤子の心身が心配で、つい家にいてほしいと言ってしまって」

「まだ気にしてらしたんですか？」

その声はお義母様のもの。どうやらリビングに入るところで私たちを待っていてくださったらしい。話が筒抜けだったようだった。

「私は良知の成長を感じ、見守る日々が幸せでした。それは今も変わりません。それに清治さんも、良知が小さい頃はよく時間を作ってくださったでしょう。感謝こそすれ、恨み節などひとつもないです」

お義母様はほんのりと頬を赤らめて、お義父様にそう答えていた。

「お義父様とお義母様のような夫婦に私たちもなりたいです」

面映ゆそうに微笑み合うふたりを見て私がそういう気持ちを抱いたのは、とても自然なことだった。

その日の夜。私は晴れやかな気分で、お義父様とお義母様の話を良知さんに報告した。良知さんが「信じられない」と驚いていたのを見ると、ご両親は恥ずかしがり屋で、仲睦まじい姿は良知さんの前でも見せていないのかもしれない。

「ともかく、丸く収まってよかった。それにしても、七海ってあんなふうに堂々と意見できるんだな。第一印象からは想像できない姿だったよ」

ソファで私の隣に座る良知さんが笑顔をこちらに向けた。

「お義母様とわだかまりのある状況になるのは嫌だったんです。そうかといって、私の思いをすべて飲み込むのは違うなあって」

「本当の七海はしなやかな強さを持っているんだな。他人を第一に考えつつ、柔軟に自分の意思と共存させる」

あまりの過大評価に、私は慌てて何度も首を横に振った。

「私はまだまだ未熟者です。だからこそ今のうちにあらゆる経験をしておくことは将来的に良知さんのサポートへ繋がる可能性があると考えます。それは、いつか子どもを育てることになったときにも活かせることがあるかもしれません」

思ったことをそのまま言い切ったあとに、はっとする。

今、私わざわざ言わなくてもいいことまで言ったよね？　子どもについて、良知さんと暮らし始めてから定期的に勝手に考えていたせいで、思わず口を滑らせてしまった。良知さんに変なプレッシャーとか与えたくないし、私がそういうことばかり考えているって勘違いされたら困る。

「い、今のはただひとつの例として……」

慌ててごまかそうとした矢先、良知さんが距離を詰め、顔を近づけてくる。

「へえ。七海がそこまでプランニングしてくれているとはね」

「プッ……プランニングっていうほどでは」

彼がどんどん近寄ってくるので私は自然と身体が反っていき、最後にはバランスを保てなくなりソファの座面に倒れた。天井が見えたかと思ったら、すぐさま良知さんが座面に両手をついて私を見下ろす。

「俺は七海の負担が少ない時期が来るまで待つつもりだったのに、意外な話を聞いた」

満面の笑みを見せながら、ゆっくりと唇が落ちてくる。ちゅっ、ちゅっ、と何度かキスを重ねていくうち、彼の手が私の服の中に潜り込んできた。

「あ、あの？　良知さん、まさか……今すぐ……？」

子どもの話の流れだったから、一体どう受け止められたかがわからない。

今、キスやその先は……したいって思えるけれど、もしすぐにでも赤ちゃんを授かったら、身の回りも心も準備が整わなくて大変になってしまいそう。

不安な気持ちが顔に出ていたのか、良知さんは私の頭を撫でて「ふ」と笑う。

「まさか。タイミングはちゃんと話し合ってから。そういうのは計画通りに行くとは思わないけれど、想定や準備をしていたほうが安心して子どもを迎えられるだろう？」

冷静になれば良知さんが無計画で無責任な行動をするはずがない。私は一瞬でもやさしい彼を疑ってしまったことを心の中で反省する。

「でも、七海を抱くのはやめないよ」

彼に額へ口づけられたのち、耳元で言われた。耳孔《じこう》を通っていくしっとりとした低音のささやきは、私の心臓を甘く震わせる。瞬く間に身体の奥が熱くなり、無意識に自ら彼の唇を奪いにいった。

「んっ……」

ふいうちのキスに吐息を漏らしたのは私ではなく、彼。

艶めかしい声色に堪らなく愛おしい思いになり、首に回していた手に力を込めた。すると、あっという間に形勢は逆転。良知さんの大きな手で後頭部を支えられ、濡れた舌を深く捩《ね》じ込まれた。

お互いに貪るようなキスを繰り返したあと、おもむろに離れた良知さんが言う。

「まだまだ七海を知り尽くしたい」

口元に弧を描いた彼に抱き上げられた私は、それからベッドルームに連れられ、濃密な時間を過ごしたのだった。

それから――。

私たちは十一月の吉日《きちじつ》に無事、披露宴を執り行った。

菫さんがデザインしてくれたドレスは柔らかな色合いのオフホワイトで、シンプルなAライン。けれども、レースで編まれたロングスリーブやペプラムになった上着など、シンプルな中に華やかさがあり、上品で来賓《らいひん》にも好評だった。

結局、社内公認夫婦となった私たちの両家合わせた招待客はかなり多くなり、本番まで相当緊張していた。

そんな私をフォローしてくれたのは、もちろん良知さん。

当初の予定を遥かに上回る規模で式を挙げ、たくさんの人たちに祝福されてとても幸せなひとときだった。

そして、さらに一年半が過ぎた今。

「良知さん、少しお休みしません？　コーヒー淹れましたし」

「ありがとう。これを読み終えたらすぐ行く」

彼は笑顔でそう答えて、再び手にしている本の音読に戻る。

良知さんが読んでいるものは子ども向けの絵本。そして、読み聞かせをしている相手は私たちの愛娘《まなむすめ》――『実結《みゆ》』だ。

私はその光景を微笑ましく眺める。

披露宴が終わり、年を越して二月に入る頃、妊娠していることが判明した。もちろん、ふたりで『授かればいいね』と話し合っていたので、戸惑いはなく喜びで満ち溢れた。

そのあと、社内の協力が得られたのもあり、私は妊娠後期まで仕事を続け、出産予定日の一カ月前に退職をした。

産休を選択するかどうかすごく悩んだのだけれど、お義母様や自分の母と話をしていくうち、家庭に入り家族を見守ることに専念する経験もいいなと思ったのだ。

さらに良知さんが『どこでなにをしていても、七海はきっと輝いてるよ』とやさしく受け止めてくれて、私は自分の選んだ道に自信を持って一歩踏み出す勇気が持てた。

そういうふうに、仕事や家庭を選択できる環境に、家族に……なによりも夫である良知さんに心から感謝をしたし、それは今でも現在進行形でしている日々。

「《みんながだいすきです》――おしまい」

良知さんが絵本の最後のページを読み終えて締め括り、本を閉じると小さな手が本に伸びてくる。実結は良知さんから絵本を奪うと、再び本を開こうと必死だ。

「ふふ。もう一回読んでほしいの？　でももうずっと読んでもらっているし、パパにも休憩してもらおうね。実結にもトマトのゼリー作ったよ～」

生後八カ月を過ぎた実結は、こちらの言っていることが理解できている場面も増えている。今も、『トマトのゼリー』に反応して、ハイハイをして私のところまでやってきた。実結を抱き上げようとしたとき、良知さんが進んで抱っこをしてくれた。代わりに私は実結が放った絵本を拾い上げ、本棚に戻す。

「この本棚も、随分絵本の割合が増えてきちゃいましたね」

「絵本はビジネス書と違ってカラフルで明るくなっていいよ」

そんな感想をさらりと言ってくれる良知さんが、とても好き。

「実結にいつも付き合ってくれるのはうれしいけれど、良知さんの読みたい本が進まないんじゃ……？」

「まあ確かにペースは落ちてるが、まったく読む時間が取れないわけじゃない。それに、絵本からも結構学ぶことが多い気がするよ」

「確かに。短い文の中にぎゅっと思いが詰められていたり問題提起があったり、奥が深いかも」

私も実結が生まれてから絵本と触れ合う機会がぐんと増え、常々思っていた。

リビングへ入り、実結をベビーチェアに座らせながら良知さんが話を続ける。

「どんな事柄も知識となるし、引き出しが多くなることはプラスになる。あと、これまで知らなかった世界に触れるというのは単純に面白い」

「さすが短期間でコンサルファームのパートナーにまでなる方ですね。いつでもポジティブに変換して吸収して……すごい」

良知さんは予定を変更し、今もまだＫＵＲコンサルティングに在籍していて、今春パートナー職に就いた。本来なら自分の会社に戻るはずだったのだけれど、彼自身もコンサルティング業務が楽しくやりがいを感じているらしい。

お義父様からも会社を継ぐのはまだ先でいいと言ってもらえていて、もうしばらく父の会社で仕事を続ける方針みたい。

「それにしても、役職も変わって忙しくなっているはずなのに、前よりも家にいる時間を多く取ってくれてるような？　大丈夫ですか？」

もしかして、私が家事と育児に大変そうで気を使ってくれているのかなと、ずっと気になっていた。

すると、良知さんがキッチンにいた私の元にやってきて、耳の上に声を落とす。

「覚えてる？　だいぶ前にした『互いに共感できるような関係になるために時間の確保が必須だ』って話」

「え……？」

それは確か……私たちが初めてデートをしてスポーツショップへ行った日のことだった気がする。

「俺は七海とずっとそういう関係を築いていきたい。だから、一分でも多く一緒にいたいと思ってる」

上品に微笑を浮かべる良知さんに見惚れてしまう。

彼は私の頬をそっと撫でて、綺麗な瞳を向ける。

「七海のことをこれからも知りたいし、俺のことを知ってほしい」

「良知さんのこと……？　はい、ぜひ教えてください」

くすくすと笑って返すと良知さんは目尻を下げ、やおら口を開く。

「じゃ、まず――」

私が耳を傾けると同時に、彼は柔らかな唇を重ねてきた。ふいうちのキスにどぎまぎして頬が熱くなる。

羞恥と高揚で瞳を潤ませる私に、彼は目の前で低く甘くささやいた。

〝出逢った頃よりも、七海を好きになってる〟――と。

おわり

あとがき

こんにちは。宇佐木です。

今作のヒロイン七海は、基本的に自分の意思を二の次にして生きてきた子ですが、見方を変えれば衝動的に自分を突き動かすほどのものにまだ出逢っていないだけで、『これだ！』と思えるものと出逢った瞬間、秘めていた思いや力を発揮する――というお話でした。

これまで知らなかった事柄や世界に触れ、『今までの自分はなんだったんだ！』と衝撃を受けると同時にパワーが漲るなんてこと、ありませんか？

私は……うーん。やっぱり創作活動でしょうか。漫画と出逢い、漫画を描く日々を経て、現在の私に繋がっています。これまでのすべての出逢い、ご縁に感謝です。こうしてここまでお付き合いくださっている読者の皆様にも、心より感謝申し上げます。

私の原動力となるひとつひとつのご縁を今後も大切に、そして繋げていきたいです。

宇佐木《うさぎ》

マーマレード文庫

政略夫婦の秘め婚事情
～箱入り令嬢が狡猾な求婚で娶られて、最愛妻になるまで～

2022年7月15日　第1刷発行　定価はカバーに表示してあります

著者　宇佐木　©USAGI 2022
発行人　鈴木幸辰
発行所　株式会社ハーパーコリンズ・ジャパン
東京都千代田区大手町1-5-1
電話　03-6269-2883（営業）
0570-008091（読者サービス係）
印刷・製本　中央精版印刷株式会社

Printed in Japan ©K.K. HarperCollins Japan 2022
ISBN-978-4-596-70969-1

m a r m a l a d e b u n k o